李少君
雷平阳

主编

诗收获

2023年春之卷

长江出版传媒
长江文艺出版社

诗收获

编 委 会

卷　首　语

罗扎克是冰岛峡谷中南迫村的竜头，他用拉祜语向我介绍了二十八座山的名字，说他负责带领全村人祭祀这二十八座山上的二十八位山神。二十八位山神多数各有分工，主管不同领域，但也有少数的山神“管理万物”，人世上的事物都可以过问，发号施令。有两位山神，“古崴科”和“扎吉那铁”，前者代表了七位山神，后者代表八位山神，有“诸神”的意思。他领着我走过村庄里一个个插着刀子的窗户，指着一棵榕树和一棵白毛树，告诉我这两棵树里也住着神，千万不能在树下行脏邪的事情。他家的一棵古茶树，主干上分出两根分干，一根是公的，白皮，叶红，无涩味，香味极佳；另一根是母的，叶子黑厚，叶边有齿，苦味和香味非常均衡。此树是冰岛地区著名的“夫妻茶树”，属龙的日子，他们都要去祭拜；而采摘的日子必须属虎，他念完古老的口诀，夫妻俩才爬上树去，一边唱着情歌，一边采摘茶叶。我和他坐在他家的院子里抽烟的时候，又问了他一个话题：人们说，拉祜是一个猎虎的民族，这个解读是否正确？他说，不对，“我们是老虎的伴”。老虎的伴，虎伴，听到这个词的一瞬，我开心得叫了起来。

雷平阳

2023 年春，昆明

诗收获

2023年春之卷

目录

季度诗人

组章

诗集精选

域外

推荐

中国诗歌网作品精选

评论与随笔

季度观察

马晨溪

《米脂》

35cm × 40cm

纸本

2018 年

季度诗人

001

一寸荒芜

/ 李德武

1963年出生于辽宁省彰武县。诗人、评论家。出版诗集《窒息的钟》《李德武诗文集》(上下册)，哲学诗学随笔集《挣脱时间的网——从芝诺的两个悖论说起》《在万米高空遇见庄子》，评论集《气质·语言·风格》。主编《玩》。1980年至2002年在哈尔滨生活工作，2002年移居苏州至今。

过一种简单的生活

素食、持戒，怀着对众生的恭敬
谨言慎行。从一片落叶或是
一丝蛛网上寻找光源
看不清就划一根火柴

我感觉到宁静的力量
正由心底升起
那种欢喜自在的力量
让我不再厌弃和焦虑

当下即永恒。虫鸣的短暂
雨滴的微光都令人赞叹
回头，我看到自己的背影
融进了泥土

我想走得慢一点

我想走得慢一点，赶不上火车、飞机
因此使一项计划搁浅。特别是聚餐
我希望赶到时聚餐已接近尾声
我来就是欣赏大家酒足饭饱的喜悦
就是和大家问声好
和熟悉、不熟悉的朋友握手道别

每天，我都在匆忙的人流车流中穿梭
像一粒被波浪裹挟着的泥沙
我多么想走得慢一点，脱离波浪
一个人在岸边或石头旁逗留
我多么希望自己是一个落伍者

时　钟

在眼里，三匹马沿着瞳孔奔跑
幽深的隧道没有尽头
光到达时已经变暗，没有温度

我眼睛肿痛，隐约看到一座陷落的城市
从海中浮现，曾经消失的人们
纷纷回来，在钟楼的尖顶上饮酒，赋诗

他们头朝下跳舞，仿佛脚悬挂在天上
身体的摆动搅起潮汐
激荡的水，最终又带着破碎的浪花回到原点

荷尔德林

伟大心灵调动不起对神的感应
纯洁的对话仅限于自言自语
索福克勒斯是对的，爱的高潮属于悲剧
你要用诗歌唤醒衰落的帝国
自封为战神，策马于克林多地峡
和滚滚而来的机器时代相对抗
在伊阿宋出生的地方你看到
英雄的额头与地峡的峰峦齐高
横亘古今的峡谷恰是命运的掌纹
多好！一个人也是天地人神
只是太渴望被赞颂，忘了神乃沙粒
你忽略了手中的长矛是一株马尾草
所有的失败都比不上丧失至爱
你失掉一个人就失掉了全部世界
如果石头有你的爱石头也会疯狂

正常地生活已经毫无意义
理性和尊严都不重要了，神遗弃你之前
你率先遗弃了当下和未来
嘲笑你的人成为他们自己的笑柄
噩梦丛生，但你紊乱的神经朝向一处
——古希腊庄严的庙宇和碑廊
矗立在一切伤口之上

黑松石

我尝试着表达黑松石，说出凌晨之静
夜行人还在赶路，我听到一块石头的脚步
摩擦产生火花，产生沉默，火花的沉默
我尝试着理解模糊，与混合物交谈
我发现油漆是个君子，涂抹时毫无瑕疵
小人是一些缺磷者，携带败血症的病因
它需要补充稀土，在骨髓里植入芯片
夜行人同时去往不同方向，无数分身
敲开空中之门，进入石英钟或松树冠
带着日本人的缜密和分裂，我想到雪国
一个作家为纯净的空气呼吸液化气
而一个超现实主义者不适合清醒
细分罂粟的花粉与汁液，细分黑暗质地
他需要胡说八道，在脸上涂油彩
以神或妖的面目现身，他对人怀着歹意
每个讲堂都灯火通明，调试离心机
铀等待被教育改造成武器
贵重和危险之物都隐埋在山里
我尝试着表达黑松石，什么也说不出

磨镜者（长诗节选）

——给斯宾诺莎

这是你钟爱的手艺：磨制镜片！
你计算好了焦距，精准到分毫不差
凸凹的现实里隐藏着虚与实的本相
你看到光明显示自身也显示黑暗
而眼睛却错误地将二者对立
久远以来那不真的面容被当作神仰视
望远镜里上帝不过是普遍的物质
同样自然的星光里有人类的眼神
在公正的审视中万物平等
它们首次免除惩罚的恐惧，独自吟唱
打开自然的经典，如同春天释放生机
高贵的恩赐还原为人人自有的权利
你为模糊和混乱设界，使迷途回归正轨
在甄别中理智和仁爱将虚空注满
没有奇迹，无知者才将命运托付给拯救
而你身影孤单，凭一片玻璃戳穿乔装的白夜
你专注于手中的工作，无暇忧伤
沉着而强大的智慧令古老的神殿瓦解
似乎你负有叫醒人类的使命
以实证者的诚实把罪恶根源澄清
在阿姆斯特丹，你一个人托起欧洲的黎明

舌　头

追问迫使谎言报出自己的姓名
这个隐藏在舌头下面的贼（怎么还没作古？）
偷窃多少花言巧语，晨曦与海潮
混淆了光和空气的晦涩，街道邋遢

如同受诬陷者卑贱不堪的辩词
最大的黑暗莫过于世界被含在嘴里
一滴毒酒或一口唾液，倒塌的神殿上
残留着侵吞的罪证，吧啦吧啦地叫喊
舌尖上的国家聚集口腹之欢
我发誓不打妄语，却也做不到止语
有人靠舌头掘金、调戏云雨、战斗
闭口不言的人舌头被关进了监狱
但也有神秘的星系深藏于口齿之间

从断裂处打开内视的窗口

换一种称谓，把城墙的裂缝称为我
从断裂处打开内视的窗口，我
一个包括了整体伤痕的断面，在裂开之际
姓氏和不幸开始残暴的统治

敏感于争执带来的纠缠和撕扯
对抗耗掉心最后力气
胜利者享受战利品
嘴角有一抹血迹

你是我的反面，在墓地之外种植甘蔗
把在苦难中倒下的又逐一扶起
将甜的汁液注入脆弱的骨质中
再把它们推向榨取

作为渣子我又看到甘蔗的真容
毁损的在腐烂中得到抚慰
这一次身份发生颠倒，我成为我们
却听到奥斯威辛式点名：你，还有你！

另一种真实

我，尚未诞生的民族，正走向他
或许我是自己的祖父和儿孙，六月的某日
我沉思海浪，一段历史，它重复涌起
在肺腑的国土上构建语言的庙宇

最重要的位置留给缺席的酋长
我逃离已有的血缘成为另一个人
现实的手无法再像支配木偶一样控制我
我用你们的语言说你们听不懂的话

我雌雄同体，需要一片大地来私生
我把一个消失的世界复原在纸上
当我沉默，山就耸起，当我开口
河就携带着它的家眷奔流而来

海鸥一头扎向海面。鱼走运了
一只鱼眼，在盘子里 720 度滚动
我假装不饿，假装什么也没有损失
食物链竖起天梯，星星下来取晚餐

消逝的预备动作

并没有什么为我所独有
思想和诗歌都是自然的一部分
一束光或一滴水
天空写下他们的署名
我羞于索要什么，紧迫的是
我能给予的实在有限
爱和美，若非出于本心都不算数

要么我一无所有，要么我创造
作为对古老契约的履行
我愿无偿地为此效力
任何有助于虚荣的恩赐都多余
专注和欢喜已是最高的奖赏
对未来的渴求常害我们忽略此刻
急于追逐错过了身边的风景
草木和山河深藏着人们的倦容
在根部盘踞着蛇一样的冷漠
为此我们身负圣命
像农民躬耕，以疲劳自慰
回忆并永远满足地回味汗滴
于五蕴中了知虚实之路
独立一处，直到摇晃不定的身影
在天地间不可区别

储物柜上的陶俑

他伫立在杂物中，用秦朝的眼神
打量身边的鸡毛掸子和陶瓷猪
他是一名武士，出征时和队伍走散了
流落成殉葬品，但他仍是一名武士
凭着被火烧过的功夫，他活了千年
他应该住进博物馆，但我只有储物柜
纯粹的民间方式，他流落太久了
我想让他有个家，这难免委屈了他
他是一名武士，他应该待在战场
或护佑在君王左右，而我让他看到
持久的对手就是一把鸡毛掸子
他手握弓箭却不知射向何方
我理解他的茫然，如同理解我自己
我想告诉他秦朝早已成为往事

但他的眼神让我欲言又止
我不忍心戳破他保留两千年的梦想
就用丝绸——在我已是最华丽的抹布
擦去他身上的灰尘，每一次
他都仿佛重新出土，在储物柜里
他让其他的物品都加速了陈旧

正午——给荷尔德林

就像放开一只鸟，解救往事
我也解放自己——回忆很老套
太阳君临头顶，万物向它称臣
权力和荣耀似乎从未过时
但它看不到中正仍有阴影
敌意和背叛使彼此相依
没有哪一种恩赐不附带伤害
至高的光灼伤眼睛和皮肤
除了燃烧，经由毁灭进入终极的一体
有个性的生命都寻求回避和逃离
本能地困倦，我没有溢美之词
所有的事都暂放一边
请允许我休息，按照立法
我且把巅峰留在瞌睡中翻越

深夜，我关心时钟的疲劳

深夜人们都已睡去，我关心时钟的疲劳
三根指针推动古老磨盘，像三个苦役
无限的世界被半径和圆周截取
等分的步履简单而重复，酝酿粗暴的脾气

它们没有休息，仿佛受到神的附体

忠诚赛过最虔诚的信徒，但它们没有梦
对一切都漠然，貌似秉持慈悲平等
也不让自己逾越哪怕一小步，貌似自律

无论雨天还是雪天，它们都保持零度
它们没有体温，它们的心脏
是一个齿轮相互咬合的机器，它们完美
因为在悲与喜面前丧失了激动

深夜，为炫耀而设的霓虹灯都熄灭了
但海关钟楼上的表盘还亮着，那光
由特制的灯源所提供，仿佛为指针照路
又仿佛告诉不眠的人：这里有三个苦役

滴 水

在先知和不确定的命运中
我选择相信滴水
从松懈水龙头溢出的滴水
这世上总有压制不住的诉说

那滴水已把身子缩成最小
它是在怎样的压迫下，怀着怎样
逃亡之心才挤出密封螺纹的？
它一出声夜晚就不再沉寂

这要感谢那个松动的水龙头
它发现自己的权利：拒绝拧死
它感到管道里水的压抑和憋闷
也许，滴水拯救了它乏味的一生

在现实的躯体上

一道伤疤拒绝抹去痕迹
坟墓和矗立的纪念碑，倒过来看
也像疤痕，溢出的滴水

对开的地铁以无穷计时

不确定的黄延长果子的成熟期
雨水纠缠窗户和树冠
停止的老式钟摆
赋予死亡荣誉奖牌

“哦！地铁里我的皮鞋总是被人踩脏
人越是拥挤，越没有尊严！……”

对开的地铁以无穷计时
雨季的火柴蛊惑欲望
坏天气迫使一些人用斧子装饰灵魂
他们出门前靠掷骰子决定吉凶

压低帽檐放弃远眺
“最值得哀悼的是一只山羊”——它蜷缩暗处
什么也看不到
又什么都知道

生如片羽

它来自一只怎样的鸟
这么轻！成为大地的遗存

秦始皇丢失了阿房宫
我至多丢失一片羽毛

箭射杀飞鸟，受伤的羽毛
或白或灰，有了重心

它来自怎样的落败
枯叶，光斑，抑或只言片羽

林中路：献给海德格尔

诸条道路中唯你还保持寂静
人迹稀少，只供孤独者冥思苦想
那条路当你谈它你正行走其上
闪亮的光带深入阴森的树林深处

好像封闭的大地由此敞开裂缝
泄露出万物生长的秘密，哲学的源头
经由这条原始的路径照见，你领会存在
并抵达澄明之域，那一小片真理的空地

两边太多的风景纷纷向小路涌现
诗、古老的建筑都在试图沿小路回到自身
而光斑和巨大的树荫从未停止对抗
所有的真理都来自这光与阴影的纠缠

低头察看这被脚步擦亮的路面并不平坦
坑坑洼洼显现出命运，不容拒绝
仰望树冠，果实中你只钟爱一个词
诗意：你发现所有艺术都经由它创建

不能把对思想的穿越看作是一次散步
在你之前和之后都有探秘者徜徉其上
树林的阴森令平常人却步，或知难而返
林中越寂静你就越接近于争执的中心

小路也有诸多分叉，你洞悉每一条岔路
它们无一例外地通向墓地和家园
而小路隐蔽于树林深处，必经之地
你说出后我们才发现它还通达每一颗心

地铁滚梯在午夜空转

没有班车了，但好像无数人
正从地下涌向地面
这些人没有形体，他们挤在滚梯上
就像隧道里一团压抑而潮湿的空气
气团追逐着早已出站的乘客
（尽管身份很难精准区分）
在地铁口茫然四顾
他们噩梦般搜寻主人
寂静使他们的失望无穷无尽

日　毕

从拥挤的地铁里出来
深深隧道吐出奔波的灵魂
手臂说出一天劳动的辛酸
孤独像宠物正等他回家

为了不变成机器
他推了推滑下来的眼镜
摘下口罩大口呼吸
抬头看一眼天空和星星

夜太短暂，闲暇不够用来懈怠
手机刷屏到没电

倒在沙发上睡去，半夜醒来
身上盖着一本打开的书

一天就这样结束了
他离自己的愿望依旧很远
那是一座荒凉的小岛，他期待
和爱人过与世隔绝的生活

跳蛛在我的门楣上结网

我只顾埋头读书
忽略了跳蛛已在门楣上结网
当我的眼如一束晨光
穿过它密密麻麻的网格
我惊叹它说出如此高级之语
却不着一字
它躲在墙角像位隐士
使晦暗的墙壁闪现一片光芒
我在内心自审时看到了
它用蛛丝构建的神奇宫殿

我的中年是一场暴风雪

入冬了，我的心因缺少蟋蟀的歌唱
而空荡。夏日退去得这么干净
连一个昆虫的干尸都不见
草地也像失恋一样空张着怀抱
凡人如果知道石头也有梦
就不会用厚厚的衣服抵御风寒
从梧桐的落叶里
我们会触摸到夏日灼热的回忆
瞧！两只猫在草地上追逐

它们似乎在说时间吃掉的是它自己
我的中年是一场暴风雪
但天气预报说：明日大雨

稻草人

夜里，他亲眼所见
一条鱼从稻田里
游进月光。那一夜他做了个梦

他梦见自己成为地主
田里的粮食多到
够鸟们吃到开春

冬天，他在野外指挥鸟起落
田野里落满了雪
他满足得像个丰收的地主

他无视我的走近
也无视降临的黑暗
他指挥那场雪下到天明

一寸荒芜

房前一小片空地，长满杂草
就像它本该有的样子

曾经里面有葡萄架和花圃
疏于维护都荒芜了

园艺家建议我弄几块太湖石
再修个半亭，我婉言拒绝

水分充足，草疯长，挡住窗户
我就去做些调理，尽量不伤根

一园春草，一寸荒芜
读书累了我到荒草中走走

我越来越不想侍弄它
草，落叶，觅食的麻雀，就这样吧！

街区景观有算法的精致，一寸荒芜
便于我不费力就能认出自家

它并非原始，鹅卵石小径
遗留规划的痕迹，它更像废黜

我仍视它为园子，有时
我也奇妙地称它为最后一个英雄

手　谈

挽着河流的手，我们相互搀扶
在展开的燕尾上
帝国的黄金已经不再昂贵
还有晚霞光荣的奖杯
都轻如指尖闪过的一丝微凉

缩减了废话和吵架
是呀！我们都忍受太多无聊
我只想从尘沙中拿捏大海的深蓝
一小撮就够了，我相信
如果问你，你也会这么说

不需要费心掂量
就像恋爱中的笑，就像浩劫将至
每一步都想飞出棋盘
夜有多深，管它呢！
当我落子，你也落子

几·旬

——致哑石

下午沉船摇晃落日余晖
子孙走上埋伏诱饵的险路
他们太相信咖啡屋和奶茶
泡桐街多肉的景深
隐藏先辈祖母绿的遗恨

旧日瘫痪在一张木床上
它寸步难行却发号施令
三星堆青铜面具抓住最精明大脑
要紧的数
额头上端坐催命的暴君

白开水搅乱普耳听力
塑封甜点不解寒士风情
三色堇小吃店有可口的记忆
朋友和几碟小菜
就足以诠释整个成都

“整个”是取舍后的全部
“从这里拐过去不远就是宽窄巷子”
广为熟悉的都列入舍弃部分
不说也罢，内幕内卷

免得想象力被漩涡裹挟进黑洞

撩起遮住眼睛的灰白长发
撩起沉降的铁幕
用唯一不能被篡改的眼神
作证！借一首诗
看那垂死的时钟还能挣扎多久

后记：2022年6月12日下午，我与哑石相约在成都泡桐街几旬咖啡屋见面。这是我和哑石相交多年后第一次见面。我们从下午四点一直聊到晚上十点。其畅快淋漓难以言表，作诗以纪念之。

暴风雨和毛毛虫

一首好诗
被从悬铃木上窜出的暴风雨
糟蹋了

长着绒毛的暴风雨
怀着羽化之梦

死死抓住一个词
用虫子可能有的粗暴
作茧自缚

疯树林

我已看到它内部的险恶
一座黑森林，一座疯人院

夜里有人操纵探照灯
强光的狮子捕杀惊慌的小鹿

树都疯了，这么好的土壤
也不能唤起它们内在的良知

我怀疑草木胜于怀疑人性
凝视久了我的内心都跟着阴森

我从未指望从树洞嘴里听到友情
也从未指望探照灯怀着善意

别和我说但丁，他太了解地狱了
我希望永不走入那片森林

早 茶

面对调剂的大海
我饮下一杯定制的深渊

精美的陶瓷，囚禁了海鸥的叫声
它看似不起眼，却有个无底洞

一杯足以令船倾覆的早茶
我饮下它酿造的全部泡沫

那一刻，我看到
甜蜜的凌乱和杯具的雅致

无数气化的面容抢占了
奢华而虚浮的表面

而下潜的人，遭遇暗流邀请
他被带向无底洞

审查投放的每一片茶叶
我饮下一个调剂过的早晨

雨和我平行走着

雨和我平行走着
分属两个世界，我走进旱季

而雨环绕着竖琴，晦暗隐藏亮线
它想搞清自己的来路

我弯下腰，风也弯下腰
风圆润的脊背多像黑皮陶罐

我的手触碰到竖琴
雨从那里出发，驾着一艘白帆船

雨和我平行走着
我们相遇，却从不交叉

写诗，给自己放一块垫脚石

我写诗，不为躲避子弹
或冤魂的纠缠，这些问题太浅薄了

一头死猪不值得我浪费笔墨
有人会收拾掉它，比如流浪狗

我也不为编织阿拉伯花纹围巾
它适合马拉美，而不适合我

满街都是绣球花，这些饱满的才子
它们的花期可真长呵

赢得的奖牌，就像路牌
用标识道路占领道路

有人急着在舞台上抢个座位
我则希望尽快离开那里

以前我愿意嘚咕嘚咕地说话
现在我谨慎张口

周围都是水塘，我必须写诗
给自己放一块垫脚石，免得陷入泥潭

度　日

我没有一船日头
只有一船稻草

我把稻草运到家里
要过一条河

摇船的时候我想
这一船稻草不就是一船日头吗

家里有待养的牛羊
这一船日头可以让它们续命

多数时候
我的船空着，那时我在割草

在夜里，我对黑暗一无所知

走进夜里，循着灯光
我想接近黑暗却相距遥远

我目睹日落，拉长的影子消失
河水不动声色地流动

看不见的部分隐藏神秘和敌意
仿佛止步于一座坟墓面前

里面住着怎样自负或屈辱的灵魂？
我思忖，我对黑暗一无所知

诗人之死

他活着，诗是虚幻的；
他死了，诗才变得真实。

当星星步上天庭，
白昼把最后一缕晚霞抹去。

“悲痛的语言已令
诗人之死与他的诗篇泾渭分明”[1]

活着验证了伟大的残缺，诗人，
借助死亡回头凝视自己的完整。

死是一条路线，抵达自由的出路，

[1] 奥登《悼叶芝》诗句。

就像但丁从流放的荒岛遇见天使。

深入密林小径依靠勇气和胆识，
正如荷马从不用眼睛咏唱！

身世凄凉，让一个字有灵，大于死！
为这虚无的荣光而满足。

藏在肌肉里的黑暗，
温热，有血液的浓稠。

这邋遢物拖累了纯粹的灵魂，
就像一节蜡烛拖累了火焰。

死吹干了眼里的泪水，
和蜡烛最后的一点蜡油。

在点钞机飞速的滚动中，
诗歌错落的韵脚是彻底的溃败。

万幸的是遇到伟大的知音，
但这偶然的发现全部仰赖神谕。

不会有人半夜打电话，
喊你去河边喝酒，那个人死了！

他的醉饮变成晦暗的河面，
流水翻动着遗稿，哗啦哗啦！

没有几个人读你的诗，但河水流着，
不眠者就算不看，也能听到流水。

依靠肉身担负的如今交给了大地，
终止的呼吸吹过河面和树梢。

感谢死亡，在一生的败笔中
写下唯一值得骄傲的诗篇

“熄灭灯，清除一切外来光源”，[1]
和一行诗对坐，以纯粹的眼神凝视。

和死亡一样悠远的，
是这遗存的文字和不停息的流水。

他活着，诗稿丢进抽屉；
他死了，蝴蝶纷纷飞离他的手掌。

后记：昨天悼念李英杰，今天悼念李曙白。死亡纳入了阅读的视野。我们看到，死亡写下最后的惊世之作，即《诗人之死》。

看荷花

你路过荷塘
一大群人，在聚会

好久没看到荷花了
广场被广场舞占领

橱窗里的裙子绣着荷花
丝绸大脑里结着莲子

一块石头从水里冒出来

[1] 马拉美在《伊纪杜尔》中对纯诗的描述。

好看的荷花

你看到荷花里坐着荷马
还有荷尔德林

你在微信里告诉这个消息
我说：请代我问候他们！

李德武的诗歌压缩术

/ 程一身

至今我还记得第一次读的李德武的诗是《山城漫步》。那是2012年，我参加《特区文学》的“诗人联席阅读”，桑克推荐了这首诗，我过目难忘，称它是“一首现实感与历史感彼此互渗的精到浑厚之作”（《一位漫步者的辨识与戏仿》，载《特区文学》2012年第5期）。十年之后的今天，李德武的诗歌对我的意义更明晰了：阅读他的诗，可以让我更清楚地认识这个时代。这里我把李德武的诗歌概括为“压缩术”,其实它包括“压”与“缩”两部分。一般来说,“压”是外在动力,“缩”可以视为“压”的结果,“术”自然是方法。在我看来,“压”对应李德武诗歌中的时代,“缩”对应李德武诗歌创作的技艺。换言之，前者是表达对象，后者是表达方法。

李德武的近作《飞翔的悼词》收入了他2021年3月以来创作的诗歌，我认为“压”是其中的一个关键词,《滴水》（2021年7月4日）堪称这方面的代表作。

从松懈水龙头溢出的滴水
这世上总有压制不住的诉说

那滴水已把身子缩成最小
它是在怎样的压迫下，怀着怎样
逃亡之心才挤出密封螺纹的？
它一出声夜晚就不再沉寂

这要感谢那个松动的水龙头
它发现自己的权利：拒绝拧死
它感到管道里水的压抑和憋闷

这首诗中出现了几个由“压”组成的词：“压迫”“压抑”“压制不住”。“压迫”是管道以及密封螺纹造成的，正是这种“压迫”让管道里的水感到“压抑和憋闷”，所以，它才在水龙头松懈时“把身子缩成最小”“挤出”来。诗人把这种打破沉寂的滴水声提炼为一个警句：“这世上总有压制不住的诉说”，这句诗完全可以视为当代现实主义诗歌的一个隐喻：那些直面或侧面现实的诗歌事实上都是“压制不住的诉说”。由此可见，李德武的诗歌是重重压力与压制不住反复冲突的产物。他的诗中多次出现“挤压”这样的词：“孤独的人被欢庆的锣鼓挤压”（《辛丑除夕看一部叫〈辞旧岁〉的电影》），“从拥挤的地铁里出来 / 深深隧道吐出奔波的灵魂”（《日毕》），“哦，地铁里我的皮鞋总是被人踩脏 / 人越是拥挤，越没有尊严！……”（《对开的地铁以无穷计时》），“这些人没有形体，他们挤在滚梯上 / 就像隧道里一团压抑而潮湿的空气”（《地铁滚梯在午夜空转》），“而屋顶的瓦再也忍耐不住挤压与顺从 / 趁势飞了”（《大风突然来临》）。面对无所不在的“挤压”，人们的普遍反应是“蜷缩”：“‘最值得哀悼的是一只山羊’——它蜷缩暗处……”（《对开的地铁以无穷计时》），这些诗句用挤压与蜷缩这对关联词呈现在大城市承受各种压力的拥挤人群，以及他们的孤独疲惫、与周围事物的不和谐感。此外，像《锁链》中的“锁链”、《描述一场雨是困难的》中“雨丝拧成的笼子”，都可以视为“管道”的变体、压力的制造者。

令我感慨的是，诗人李德武把他承受的现实压力转变成了一种建构诗歌的力量，由此生成了他的诗歌压缩术。在我看来，李德武书写时代的诗篇首先在于他建立了与写作对象的内在情感联系。他深谙他人的命运就是自身的命运，因而往往把灾难或苦难中的他人写成另一个自我。《他们》（2021 年 8 月 23 日）就是这方面的代表作，是他们的不幸遭遇让“我就着黑麦片写一首悲怆的诗”。在某种程度上，“他人”与“自我”在诗中的混合也是一种压缩，但这并非高压管理的产物，而是出于诗人对同类的博爱与同情。我倾向于认为，李德武压缩型诗歌的代表作是《储物柜上的陶俑》（2019 年 5 月 11 日）。

他伫立在杂物中，用秦朝的眼神
打量身边的鸡毛掸子和陶瓷猪
他是一名武士，出征时和队伍走散了
流落成殉葬品，但他仍是一名武士
凭着被火烧过的功夫，他活了千年
他应该住进博物馆，但我只有储物柜
纯粹的民间方式，他流落太久了
我想让他有个家，这难免委屈了他
他是一名武士，他应该待在战场
或护佑在君王左右，而我让他看到
持久的对手就是一把鸡毛掸子
他手握弓箭却不知射向何方
我理解他的茫然，如同理解我自己
我想告诉他秦朝早已成为往事
但他的眼神让我欲言又止
我不忍心戳破他保留两千年的梦想
就用丝绸——在我已是最华丽的抹布
擦去他身上的灰尘，每一次
他都仿佛重新出土，在储物柜里
他让其他的物品都加速了陈旧

这首诗的核心结构无疑是“我”与“他”。其复杂之处在于“他”的不确定性。“他”为什么是不确定的呢？因为“他”指的是陶俑，有双层属性。第一个属性，“他”是个物，是一个工艺品或者说是艺术品，是在柜子上摆放的一个东西，这个工艺品和日常用品杂处在一起“他伫立在杂物中”。从这个层面来说，这个作品写的是“我”与物的关系，这是第一个层面。第二个属性，“他”是武士，诗人用“他”而不用“它”，体现出人格化的倾向。可以这样说，在诗人的叙述中，“他”从物滑向了人，结果就有这样一个趋势和轨迹：有时候是把“他”当成人来处理的，有时候是把“他”当成物来处理的，转换得比较复杂，不能一概而论“他”是单纯的物还是单纯的人。总的来说，这是一个具有主体性、人格化的物——这样的一个概括比较全面一些。就是说,“他”既具有人的属性，又具有物的属性，更准确地说，“他”既是一个陶俑，又是一个武士，是一个压缩体。如果从物的层面来说，这个作品写的是“我”与作为陶俑的“他”这样一个对应，属于人物关系；如果从人的层面来说，这个作品写的是“我”与作为武士的“他”这样一个对应，就是一种人际关系。因此，这个作品有一定的复杂性、综合性，或者说是压缩性。

从刚刚分析的两个层面来说，“他”兼具人与物的双重属性，这个作品并非咏物诗。咏物诗有一种托物言志的传统，这个作品跟托物言志的咏物诗有没有关系呢？应该是有的。作者写的这个“他”首先是个物。作者托这个物言志了没有呢？好像也言了。“他”言了什么志呢？在写这个物的时候，表明了作者跟这个物——武士俑有共同的心态，这个是有的。所以我觉得言志其实也是有的，但它不是传统意义上的咏物诗，因为传统意义上的咏物诗写的是一个单纯的物，而这个作品不是，按照我刚才的界定，“他”具有物和人的双重属性，有陶俑和武士的双重属性。所以它比传统的咏物诗要复杂一点。也可以说这个作品写得很巧妙、圆融。

如果从这两个层面来讨论，这个作品表达的主题是什么呢？这个陶俑的身份是武士，却没有用武之地:“他”不是在战场上，不是在君王左右，而是在“储物柜”上，不免让人有“英雄无用武之地”的感慨。而我感觉这个作品写的与其说是悲凉、悲壮，不如说是滑稽、喜剧化。在读这个作品的时候，我觉得有一点好笑。为什么呢？当我们说对牛弹琴的时候，到底讽刺的是谁？对牛弹琴可能讽刺的不一定是牛，可能也在讽刺那个弹琴的人。也就是说，弹琴没有选对对象。在这首诗里，武士的地位很尴尬，这种尴尬让我有一些喜剧感。好像很悲凉，但又有一点喜剧的味道，作者把英雄和常人、事业和日常，这些东西糅合到一起了。武士对应的是平常人，这个武士要建立功业，这种功业和日常的平庸状态形成了对立。这与其说是同情武士的处境，不如说“他”的存在让人感觉有点好笑，有点不合时宜。“他”的不合时宜有两个体现。第一个体现是“他”的空间不对，“他”所处的位置不对：如果是武士，应该在战场上；如果是一个工艺品，一个文物，“他”应该在博物馆里，那才是“他”应该待的地方。但是这两个地方“他”都不在，所以“他”待的地方是不适合“他”

的。这就是“他”的空间错位，“他”所处的这个位置不对。这是第一个不合时宜的地方。第二个就是时间错位：一个秦朝的、远古王朝的一个文物、一个遗留，保存到现在这个新时代。“他”的思想是忠君的，为国尽忠的。“秦朝的眼神”也好，“两千年的梦想”也好，无非是保家卫国，或者说保卫君主，也就是诗中所写的“护佑在君王左右”。“他”的理想是这样的。而现在这个时代，已经不是秦朝了，也没有君王了。这些东西都不存在了，所以“他”的存在就显得有点荒诞了。错位也好，荒诞也好，都给人一种存在的滑稽感、一种喜剧性，或者说是一种反讽。所以从时空错位这个层面来讲，这个作品可能是表达一种尴尬的处境。“他”所处的场合和时代不对，他可以在过去的那个时代，过去的战场上建立功业；但是在我们这个时代，他完全达不到。所以用“无用武之地”来描述也可以，但是用滑稽、喜剧性来描述也许更好。我从哪里感到滑稽的氛围呢？你看，“而我让他看到持久的对手就是一把鸡毛掸子”，你不觉得这很滑稽吗？“他”的对手在过去肯定是敌人，但现在“他”的对手是一把鸡毛掸子。这样一个对比，而且用“对手”这个词来界定，这就把喜剧性呈现出来了。鸡毛掸子跟诗中写到的丝绸、抹布这些东西都是有关联的，都是清洁工具。从这个层面来说，“他”这个身份不说很悲壮吧，应该说很尴尬，很滑稽。这是英雄落难！就如人们说的“凤凰落难不如鸡”！其实“他”的处境正是诗人的自我投射。

事实上，“我”对陶俑持双重态度。一种态度是同情，诗人知道“他”是一个文物、艺术品，不同于陶瓷猪这样的俗玩意，应该把“他”放到博物馆里。这就体现了对“他”的同情。一种态度是移情，“他手握弓箭却不知射向何方”，这种茫然感是陶俑的，更是作者的，至少是一种共鸣：“我理解他的茫然，如同理解我自己”。这时候，“他”与“我”分明是合一的。这种茫然感其实是一种不无滑稽的存在感，是对“他”的反讽，也是诗人的自嘲。也就是说，作者对陶俑这个物做了双重处理。第一个是把“他”作为独立的物来处理，第二个是把自己的感情投射到这个物身上，这时作者跟这个物是一体的，感情是一致的。所以“他”在某些时候是作者的化身，但是在有些时候，“他”又是一个独立的物。这是本诗的复杂性所在。所以在这个作品中，作为武士的陶俑其实是物与人、“他”与“我”的压缩体，只不过它们时分时合。

作为一位时刻反省自身的诗人，李德武写了不少关于写作的诗，它们不同程度地呈现出元诗的意味。有的表达精确写作的难度，如《黑松石》；有的表达他对写作的真诚，如《一词一命》。在《另一种真实》中，他将诗歌写作描述为"在肺腑的国土上构建语言的庙宇"，其目的是"把一个消失的世界复原在纸上"。《从断裂处打开内视的窗口》这个题目也体现了李德武的诗观。2015 年，诗人黑女问我中国古诗最重要的特点是什么，我说是凝练。我这样说一方面是对注重词语锤炼的古典诗歌传统致敬，另一方面当然是基于对新诗语句散漫的不满。不过，由于采用了压缩术，李德武的诗句还是比较紧凑的。而且，其压缩术压缩的不仅是词语，还是词语指向的人和物。在我看来，比兴与对比是中国古诗的基本手法，它们都可以促成凝练。不过对比要么形成于实物与实物之间，要么形成于意念与意念之间；而比兴则往往形成于实物与意念之间，将具象与抽象结合成虚实相生体，所以对中国古诗来说，比兴比对比更根本。许多优秀古诗的核心意象既是写实的又是隐喻的，由此促成了古诗凝练的韵味。在有些诗篇中，李德武的写作回应了比兴的伟大传统。就像前面分析的《滴水》，其中的"滴水"与"管道"都是杰出的现代比兴。

事实上，压缩只是观察李德武诗歌的一个角度，并不能穷尽其诗歌特色，它是我目前比较关注的一个点。从诗歌史的视野来说，压缩是对中国古诗凝练传统的现代表达，它不仅可以实现虚实结合、语义双关的效果，而且可以在复杂语境中形成多重指涉，从而生成耐人寻味的丰富诗意。正如李德武在《磨镜者》中所说的，"凹凸的现实里隐藏着虚与实的本相"。同时，词语的压缩更容易形成节奏感，从而促成诗歌的韵律和谐。我认为李德武在词语压缩以及诗意压缩方面所做的探索为现代汉诗的发展提供了宝贵的启示。

寓言研究

/ 曲青春

曲青春，1970 年生，山东省招远市人，现居郑州。诗人、建筑师，“曲园雅集”系列诗歌文化沙龙创办者。出版有《甚深微妙》拓片集。

一根线研究

那是我们的存在方式——
我们认为这个世界
是让我们安居的大宅，你认为
你是宅子的主人，其实
你只是
蜘蛛一样，从房梁上
垂下一根细线，试图
在你的事业、家庭的柱子间
结一张网，捕食
一些蚊子和苍蝇。阳光
照耀着那根
悬垂着你的细线：
透明、不堪一击
却又努力保持着
它应有的弹性

可以回到七十年代的铁皮桶研究

不只是在水龙头下
一只铁皮桶松开

深深的井底传来
七十年代

那是一只铁皮桶
正确的方式

就像麋鹿
在上游饮水。那时的我们

只穿朴素的衣裳

就像七十年代
乡村沉在井底

我们对世界的想象
正如身体里吊着的
一只水桶

蝾螈研究

蝾螈广泛分布于全球
七十亿人内心的
沼泽地带，它需要
我们的皮肤
吸收水分。它在白天
你忙忙碌碌的时候
躲藏起来，夜晚
它出来吞食
你梦境里的昆虫、蠕虫和蜗牛
它是我们身体里唯一
色彩明亮的事物，它
通过我们的瞳孔
张望世界，它让我们
在欲望的水中和道德的岸上
两栖。如果我们
不能去掉身体里的盐并保持温暖
它是
濒临灭绝的物种

那是一个很长很长的夏天研究

1993 年，高考结束
我忽然意识到，我第一次
真正进入了夏天。每天早上
我骑车从圈子村出发
任意选一条路，一直向前
下午返回，往往夜半
才回到家中。有时
中午实在太热，我会脱光
跳进一个野塘，仰面
对着寂静的天空。有时
在公路上抓着一辆货车的拖斗
让它将我捎向远方。夏天
分岔，分岔
又分岔，辐条
转动着，我追上一个姑娘，转头
看看她
接着前行——我无法克制
身体里盛大的夏天。那些我经过的
村镇、山冈、树林、河流在我身后
并不存在。那是一个
很长很长的夏天，现在我还没有
穿过它，唯一不同的是
我不再返回
那些村镇、山冈、树林、河流、家
和
那些姑娘

灰烬研究

握住病床上
父亲的双手，我感受
他灰烬的余温。我说着
一些鼓励的话，试图
在即将燃尽的木材上，吹出
一些火星。而我
对他每说出一句话，都会有
沉默的灰烬
落在我身上。为什么
在我将他推到焚尸炉前
揭开覆在他身上的被子时
他的双目是睁开的，他是需要
我最后为他燃尽的炉火
压上炉盖吗？想起他
年轻时，那么暴躁地
在我跟前噼里啪啦燃烧着
愤怒的火苗，现在
我不会再像以前那样
在我爱着的人和爱我的人
燃着的大火前跑开
无论是高兴的、悲伤的还是
怨怒的大火，那是
你为我在燃烧，我
满怀感激，等着
你的灰烬
静静
落在我身上

午夜骑共享单车回家之研究

当我在午夜，一一送走
酒桌上的客人
我扫了一辆共享单车回家，但是
我没有找到他们规定的停车点
我又骑了回去。往回骑的路上
我明白了运营商的意图：
夜骑单车是一种休闲活动。你值得
为它付费
为午夜大街只为你享用付费——
它是多么寂静，该睡的人都已安眠
好像你正在穿过无数人的梦境
你也应该
为一轮明月只为你照耀付费——
它明亮得那么通透，好像你骑着单车
可以径直穿过它，它在白天
还仅仅是荒凉月球的
岩石的现实，布满陨石坑
扑面的清风当然
值得你为它付费，它在白天
总是“嘶嘶”响着，好像学会隐身
已经成精的大蛇，无处不在
却又抓不住它，但它在午夜
只是水面一样轻漾，冲刷掉
岸边的浮土
想到你爱的人、你恨的人
都已睡去，你应该为你
不需要为这个夜晚操心、焦虑、高兴付费
你也得为你自己付费
为你扫码后尚有余额付费

为你能够自由地骑着单车付费
为你归还单车后步行回家
健康的双腿付费

关于北方的研究

日出当心。我的后背
是北方，是冬季。我的额头
眼睛、鼻子、嘴巴、前胸是
南方，是夏天。我的身体里
大洋环流盘旋着
巨大的气旋，将暴雨
带到南方。那些年里
我喜爱的女子都是
有着火红翅羽的鸟儿，当她们飞走
羽毛上不沾一星雨滴。她们会记得
我春天的左臂吗，左臂的潭水里
阴郁的青龙伸出的五爪
她们会记得
我秋天的右臂吗，右臂的秋山里
飓风的白虎蹑手蹑脚的五趾
但她们一定
都记得
我北方的寒凉，她们的羽毛
都将变成白色，她们飞远的翅羽
记住了大雪

城市流溢的骨灰研究

永共终南在，应随劫火烧。
——唐・张乔

永世的劫火，我们的骨头
是它的劈柴，我们的内心
是它的灰烬。我们劈柴一样
疼痛，我们
灰烬一样寒冷。我们
向着大火里的
父亲、母亲、兄弟、姐妹、朋友、情人甚至
仇人
伸出我们的双手
取暖，维持
灰烬的体温。一个新生的婴儿
哭泣着
寻找母亲怀抱里的火焰，他们的火苗
越烧越旺，身体里的灰烬
越积越高。当一个青年男子
向一个青年女子
求爱时，他说
他身体里的灰烬
连绵起伏一如终南山，需要
她山林一样的大火。街道上
川流的人群
是流溢的骨灰，是疼痛
让他们寻找
另一具在劫火中燃烧的火苗

农事研究

他居住的村庄飘在炊烟里
他甚至能通过它们
在风中飘散的姿态，辨认出
是麦秸还是玉米棒
在燃烧。他拿着一把铁锹

站在田间
麦苗返青，泥土黏湿
水溶化着一切。有什么翻起泡沫
浑浊而欢快地流动
一年后他转学
他再也没有浇灌过那片麦田
但他手心里依然保持着锹柄的握感
那是一种简单的快乐
土地痛饮着井水，麦苗
伏向远方的山丘

天狼星研究

在十二月
圈子村深夜的街道上
我在母亲的肩膀上发烧
赤脚医生门口的一树杏花
在来年春风里摇晃。狗叫声
像土的呜咽，填充了
乡村的黑暗。而今你在那里干什么
他写道，他的周围都是异乡人
他有几个孩子
孩子们上了学，离他而去
他说他在庭院里种了棵杏树
虽然那是棵白蜡。他这么说
为了证明他还能发烧?
提起天狼星，就像提起
他对孩子们的爱
庭院里的一块白石
在天狼星的光辉里
比白天更白

白鹇研究

白鹇活在每分钟
多出的一秒，每小时
多出的一分钟里

那是渊深湖水的要求

那每日取走你手心里的
琉璃的
是白鹇吗

白鹇何时归来
细雨何时落下
观世音菩萨，愿他行走在水面
细雨不会沾湿他的衣襟

生不相见研究

我看到了你在朋友圈里转发的
韦伯星空图片，我们已
30 年不见。上一次通电话
还是你儿子路过郑州时
给我带来老家的虾米和鱼干
他和你长得真像啊，不同的是
你说你心脏里多了 3 个支架。我和你儿子
一起喝酒，看着他，就像 30 年前
大学暑假，我骑自行车 40 里
去你家，一路老界河沿的垂柳
拂过面颊。你母亲还好吗
她从菜园里摘来芸豆、黄瓜

我还和你父亲喝了几杯，临走时
他用双腿夹住自行车前轮
帮我正了正车把。你说
老人家已经作古。是啊
同学里也有 3 人去到地下。你在
吉尔吉斯斯坦还好吗？你说你在勘探石油
旷野的星星和小时一样
缀满天空。今夜
我们一同看着 130 亿年前的星空
这片星空里必定有一个星球，有人
在看我们
130 亿年后，或许不用等那么久
应该是 130 亿年减 30 年后
他会看到
我正骑着自行车去你家

人类绝望研究

为了缓解父亲的疼
我挖出体内的泥，制成坛子
抱着，站在殡仪馆空荡荡的走廊

窗外烟囱高耸，飘灰
像斯蒂文森，
将一个意象，置于
田纳西州的山顶

但并没有荒野向我拥来
坛子里，大火
正焚毁着父亲的心

火焰研究

而，那是一块烧红的炭
邀请你。多少次俯身
我知道你需要我的语气，我看到
你身体内部通红的黑暗。

一杯牛奶分成两杯牛奶，每一杯
都记住了另一杯，每一杯
都忘记了另一杯。他穿上黑西服
加入人群。刺耳的刹车声提醒他注意
皮肤上燃烧的火焰

经常会落下灰，我们掸掉它。但我们
也会细心收集灰，装进盒子，低着头
抱在胸前

高大的杨树拼命摇晃着夜晚，男孩
一口气跑过大街。
当树叶飘零，你仰起脸
多少年了。轻微的喘息
总是这样，玫瑰在瓶里燃烧
水在青天，翻卷火焰

地窖研究

七十年代的山东半岛，每家农户
都有一个地窖
大白菜、红薯、土豆。母亲
用一只柳条筐先把一支红蜡烛送下去
如果烛火不灭，母亲会把我送下去

地窖底部横着挖了两个洞口
当装满一筐红薯，一个人
坐在洞底
我熟悉那种气味：土腥、潮湿、温暖的霉味
头顶是一圆山东半岛冬天钢蓝的天空
我喜欢那种黑暗，母亲
垂下绳子，我缓缓上升

薅草研究

车前草、兰花参、看麦娘、猪殃殃、
细叶芹、马兰、荠菜、一年蓬……
小时每到放学，我都会撅着筐
到田埂上薅草。在田地里
我完成了自己的身世：
凡是长得高的，那些小麦、玉米、高粱
都是给人吃的，凡是匍匐在地上的
都是喂猪喂兔子的。母亲说
你要好好读书，别像那些野草一样
没出息。小学、初中、高中
那些学习差的都回村做了野草
到了大学，每个教室里都是
齐刷刷的麦子、玉米、高粱
毕业后，有人长得
更高了。那些高出尘世的人
自有天上的人食用。我还站在
庄稼地里。每次看到
田埂上的小贩被猪和兔子啃食
我抚着自己籽粒饱满的头颅
诚恳地邀请您
务必拨冗赴宴，好让我
尽一颗粮食的义务

那种红研究

拿着铁锹，站在
麦田的引水渠边
地头白杨树上的山喜鹊在鸣叫
有时是白头翁，有时是杜鹃
它们都飞走了，它们不想让你看见
你唯一能记住的是它们的音调。就像
春风里的麦苗，它们很快会脱掉
绿色衣裳。你忘了
它们青翠的茎和叶片，但你会记住
水在茎叶里奔流时，它们战栗着
对铁锹反光的渴望。有时

是山腰的一座亭子，有时是
秋日山林，你不记得
是路边摊还是白衬衫，录像厅
还是橘子林，大街上的人群
熙来攘往，高高的法国梧桐
大步走进夏天，记忆里
浮现
一朵玫瑰
你忘记了她的脸和花瓣，但你记住了
那种红
它不在玫瑰里，不在云霞里，不在
任何事物里，但在它们的反光里
那种红

寓言研究

一个预言者

是一个
高速公路上的逆行者，他带来了
未来的信息，告诉你
你将会在哪里拐弯，你会经过
怎样的河流
而我们在高速行驶中，往往
急于躲开他们。有谁
真的敢于与未来的自己
迎面相撞呢，就像此刻
站在白蜡枝条上的一只乌鸦
你不知道它究竟
来自过去，还是未来
它很好地隐藏了自己的面部表情
它的鸣叫响亮而又晦涩
它漆黑一团，很好地隐藏了
秘密。没有人
勇于探究它鸣叫的真实含义。每一天
你见到的每一个人
都藏着你的未来。当你
和一个朋友饮酒，他跟你碰在一起的酒杯
其实是他从未来带回的碎玻璃，必将
划破你的手心。你的情人
你的孩子、你的朋友、你认识的
不认识的人，他们
都是从未来急匆匆赶回的人，身体里
藏着关于你前途的预言
他们像那只乌鸦一样
鸣叫着，然后飞走
留下你
像一根白蜡枝条一样
战栗

老曲的烛台研究

他的居所并不停电，即使
一年停一两次，也不需要
那么多烛台。他去京都六次
带回来

一百多对烛台。他用棉布
将老烛台的铜身拭亮。插上
洁白的蜡烛。在黑暗的前夜
摆成一圈，熄灭灯

点亮它们。烛火轻盈跳跃
一场寂静的合唱会
他并不需要它们照亮什么，他只是觉得
那些烛台需要蜡烛，蜡烛
需要被点亮

一头麋鹿穿过森林对人类群居生活的影响研究

森林
从我们聚集的城市里出走，就像夜晚
从我们睡着的身体里
逃出去，这时候你会听到

一头麋鹿穿过森林在你睡梦的身体里啜饮。

一束强光照着你的失眠
森林燃起大火，而你束手无策。

能够安心睡去的人是幸福的。他们

裸睡，让自己
全然打开，让麋鹿穿过去。

看吧，我们在白天群居
彼此心照不宣，却从不提及那头
走失的麋鹿

我们还要花费多少时间，才能
穿过气喘吁吁的城市，让自己
回到森林，远远望着

那头麋鹿，昂起头
在星空的分岔中
寻找水

拙政园研究

那些山
需要一遍遍重建，水

需要一次次
疏浚源流，百花

等着在来年里描绘一新。园主
必须一代代死去，换上

油漆一新的家族和姓名。我们
安静地走在园林幽暗的阴影里，好像
一管望远镜，在闪烁着明亮光斑的事物们

熄灭之前，将它们从远方
拉到我们眼前。你

嗅闻一朵芙蓉，抚摸一块山石，感受它们

马一样从远方飞速奔驰到你面前，忽然定住的
急促的喘息，以及
它们传递在你身体里的惯性。它们如此

繁密，仿佛世间的一切事物
同时聚集在一起，密不透风
却让你感觉空旷无比。它们

一直在等着你进入。但隐约地
在花朵饱满的，山石坚定的
承诺里，你又一次

被推迟。

椅子研究

我在书案的对面摆着一张空椅子
这让我安心，这让我觉得
那些我想见但还不认识的人
正一一坐在我对面，静静
等着我
从一本本书中找出他们的名字。我有时
也会自顾自起身，让两张空椅子
相对
让两个失去名字的人相认。大多数人
使用自己的名字太久了，就像从小到大
一直穿着一套婴儿的衣裳。我最喜欢的
一位老友
每次坐在我对面的空椅上，都会问我
“你猜猜我的名字叫什么”

这是一个古老的谜题
我至今都没有猜中

中平卓马老屋与火研究

我想去到河对岸拔草
我甚至已经闻到了掌心里青草
的气息。毛茸茸的根须
带出新鲜泥土里慌张四散的小虫
这应该是一张
拍自盛夏的照片。疯长的荒草
已经要淹没那栋老宅。这是一个
我小时候经常去拔猪草的荒弃宅院
它上面的天空比天空都蓝
它上锁的门缝里
黑暗总使人疑心
那个荒废寺庙里的菩萨居住在里面
对页
是一团旺盛的火焰
竹管在剧烈燃烧时发出
无节制的尖叫。如果
我合上书页
大火会烧起来吗
我逃出火宅了吗？窗外安静的夜色里
好像菩萨正向我走来

午休研究

中午并不困
但我需要一场午休。那是仪式
对我的要求。就像大雾里的列车
迎着信号灯。拉上

白纱帘，那是
我和这个世界的距离
保持半睡半醒。为了我的生活
我决定和这个世界
若即若离
我是半透明的。惠特曼说他
要的是和他们脱离关系的艺术
我不这样想，我既要
身处其中，又要
置身事外。我看着我
在疾驶的列车翻毁的事故里
毫发无伤
我站在停运多年的铁路线上

海风登陆研究

福建、浙江、安徽、河南……
几个省的树同时晃动。大洋
又一次宣示
对大陆的统治。亿万雨点
叩打着玻璃
那是鲸、鲨……
曾经吐出的水滴。河水
暴涨
人们在河边打捞
本应属于大洋的东西。让我们
双手空空
让跋涉千里的海风
找到你，让它携来的雨滴
滑下你的面颊，让你
一棵白杨树一样
在风中摇晃。即使天空

汹涌的云
也不能带走
大洋和我们血液里的
盐

寂静的房子

如果沉默久了
我就会自言自语。房子
是一只兽
它需要我的声音
喂食它
在朝南的屋脊正中
我悬挂了一面圆镜
让中午最耀眼的阳光帮它找到远方
它喜欢吞食的事物
有时候一阵心慌袭来，水面震颤
我知道它饿了，可我实在
无话可说。屋后
一棵高高的白杨树
一整夏哗哗响着
它已经发了疯。我挥动斧头
砍了它。此后不再使用北屋
整日，我坐在南窗下。为了平衡
那些光亮
我拉来几车石头
在屋后叠了一座小山，加深了它
幽暗的沉默
我越来越寡言，风
掀动白色的纱帘
要下雨了，雨滴
带来新的词语，我忘记了

我曾将它们
藏在天空的某处

纳博科夫与蝴蝶

女人急促的喘息像窗外几乎要遮蔽
一整个院子的榕树
从空中垂下气根
寻找大地。这是他们第三次见面
第一次是一个月前，他去拜访
她的父亲——
一位雕塑家。他在这个南方滨海城市
居住下来的想法
就像天空低垂的巨大云朵
触手可及又翻涌不定。而她
有自己的迁徙轨迹。多年后
他在长江下游的一个城市
接过她的一个电话，秋日
街边的香樟树
冷静得好像浓密的叶子正在释放
它痛苦的秘密。他想起
1945 年纳博科夫提出
一个假说：
南美洲的眼灰蝶是从
白令海峡过去的，即从
亚洲到美洲。多年后
DNA 技术验证了他的猜想
1990 年代，蝴蝶专家们
又发现了一批
新的眼灰蝶。而今
他迁徙得更北了。白令海峡
是连接太平洋和北冰洋的

唯一通道。无论那些蝴蝶
如何进化，博纳科夫都洞悉了
它们遥远的飞行轨迹
和身份的秘密

独坐研究

那些敲门声
我都听不见，虽然
我知道
他们就站在门外。我盘坐
修习一种寂静，就像湖水
练习澄清
那些溶解在我生活里的人和事
连同我
化为淤泥。透过深水
生活
在水面动荡。我知道
我忙碌的工作很有必要
就像穿过公共墓地的风。当我们
坐在一起，大风
刮过荒草，需要有
一个人
守护
我们共同的寂静

家书研究

翻检旧物，翻出一封
父亲 1997 年寄给我的信
我完全不记得
信里的内容。时隔 25 年

我拆开，重读
通篇
没有可以让我记得的事情。无非
说他们在老家很好，为我进入大学编制高兴（我已经从学校辞职了），信末一再叮嘱我戒烟。我
点燃一支烟
我不知道
父亲现在还好吗，他现在
还会不会为我高兴
我戒了 16 年的烟，又重新抽起
他的叮咛
好像遗嘱，而我
依然是
他叛逆的儿子

北方之旅研究

那时让我着迷的
是火车
隆隆驶过大地，只有它
才能驱散
原野里的黄仙和蛇精。一个人的时候
我一层、一层剥白桦
似乎总有一层会写满谶语的纸皮，树梢上的海
屏着呼吸。我想
是田野的辽阔，让我在大风中的战栗
明天就传到山东半岛
我家的屋脊上。7 岁
我随母亲到黑河二姨家
我总喜欢让表哥
带我走进似乎有无数眼睛
盯着我看的森林，如果在这里捉迷藏

我和小伙伴们一样噤声，不是担心
被找到，而是害怕
永远不会被找到。多年后
我看到怀斯《克里斯蒂娜的世界》
我一直觉得
她一定是向着北方倾身
她被无限攫住，那来自遥远北方
的低语，需要一个人
贴在大地上
倾听
火车隆隆远去
震荡着
大地的沉默

新语势

——曲青春诗阅读笔记

/ 傅元峰

曲青春的“研究”系列诗名为“研究”，实非以理入诗、追求智识之美，亦非摹状塑形；而是以感受为纲，重重造境，立诗之势。刘勰《定势》论“即体成势”“形生势成”，曲青春的诗则以感受力造境，“研究”的姿势是组结感知的时空体。可读可写的前景语言跟随感受之境行进，并把语势抛向客观语言的限定性之外。这是很值得探究的推进诗语的方式。如果诗之力不在情理之中，抒写只在细密处关乎情理，诗的真正策动力为何物？新诗白话介质的直白让新诗诗人面临雅俗的抉择，百年来新诗被填充以情理，昭之以小学，与旧诗比韵味的高下、语体的优劣，新诗文体的确立仍未完成。曲青春的这些诗作充满智趣，细读又能体悟生命的质感和富有张力的情态，但情理皆非曲青春诗作的最终落点。这促使我思考：纯然的技术沿袭当然不能抵达这种智慧之境，那么，智慧之境抵达了，离诗之所成还差什么？理趣和智慧，又与诗歌语言在深处的彰显有何关联？

智慧的神秘之处在于，“人”作为智慧主体端坐其中，因它显现的独一性，“偶然”在必然的阵列中频频出现，进一步召唤“情境”这个因地制宜的时空体。偶然对个别情境的召唤使时空体的可叙性是无法穷尽的。相对于旁观之眼，质感也将同时源源不断生成。时空感知、表述和传达中的戏剧性因此也是无限的。“研究”是曲青春诗的“时空体”形象，是感知作为策动力的思想剧情的推演。曲青春为了独一性从复数中断然走出来，从“我们认为”变为“你认为”(《一根线研究》)，在哲理陈说及举隅中，走进了一个具体情境。

……阳光
照耀着那根
悬垂着你的细线：
透明、不堪一击
却又努力保持着
它应有的弹性

弹性的限度被“应有”表达出来，实则言说了脆弱和偶然。曲青春的智识之诗，虽多有判断和介说，但仍是以指认为第一要义的。在曲青春诗作中，常可发现指认者的姿势。指认，必然包含不完全表述，需借言语的势能有限指向目的。这决定了指认必是现场的揣度，而非说教。抵达智慧，需沿着一条理智铺就的逻辑链前行，与此同时，语言跟随者表述主体的思维行进，这个跟随者显示为工具性的奴仆，为主人所用。但就在逻辑表述的道路上，出现了信息匮乏（甚至荒芜）。一间密室降临：这个奴仆和其主人的朝向确切性的最后一掷，在不确定性中失败了。智慧之路的感知时刻随之降临：理智的路线图得以更详尽地描述，甚至为了说明某次失败，理智被安置在感知之中，获得了它的现场——而现场是无穷尽的。

智识是一个不折不扣的目的论结局。曲青春的诗，由于对抵达结论缺乏热情，言语的效能重新指向描绘。他的诗不是单向度的逻辑行进，在抵达终点的时候，感知返场，把事实摆放在感知的时空体，诗迎来一个戏剧性的场景。诗中，一个捉摸不定的人对事实进行反复勘察和诉说，言语投下重影。诗人在介说和描绘之间的迟疑，是值得注意的言说姿态，他倾向于“在”和“是”的混淆中完成“研究”，从而改变“研究”的词义，让它变成“凝视”：“一片黄栌叶在秋风里翻卷着 / 我们的正面和背面”（《黄栌研究》）。这个状态描述中包含主语置换：黄栌叶—我们。修辞行为被认知更改了，修辞成为更内在的行动，在景象里，树叶和人之间建立的认知关系包含很丰富的感受空间。“翻卷”对自我的感受的诱引，导致一个非视觉层面的景象被开启。

诗的神秘的力量在于，前景语言在最后的意指完成之后，诗持续发出的作为内在语言的绵延不尽的余响。飞扬是黄栌的动态，是诗中万物关系重建的契机。风中黄栌是协助通感产生的线索，感受主体“我”和“它”“他”“祂”并置在黄栌的飞扬中，加厚了感受力。存在的宽宏之境和细微感受在简约语句中形成富有层次感和跳跃感的乐章，感受主体作为词语形象的携带者，表达这一切，又同时处于群山的流放之中。

诗为语词从意符身份重回经验和形象提供了机遇。为信息准确表述而生的工具性语词必须降低活性才能忠于职守——这是词从形象风干为符号的过程，圈定了所指并使它易于搬运。诗的使命相反，诗人选用一个词，从它作为信息表达的前景语言区域（一个作为信息铸件的死地）抽取出来，让它在感受力的灵氛中活转（仅此一次）。伴随诗人的感知维度，“研究”包含不断的经验重构和新的感受现场的罗织。

《中平卓马老屋与火研究》是曲青春值得注意的一首诗作，感受力在情境的维度建构中作用巨大。诗基于中平卓马作品的读书情境建构，有一个拔草的想象。诗从想象力策动，对叙事的兴趣不大，快速过渡到感受力。这个行程很短，全方位的感受力携带的细节使诗人能够置身于这片荒草：

我想去到河对岸拔草
我甚至已经闻到了掌心里青草
的气息。毛茸茸的根须
带出新鲜泥土里慌张四散的小虫
——（《中平卓马老屋与火研究》）

中平卓马的作品是存在主义方式的杀死经验自我的过程，它包含经验的碎片，但只是照片汹涌的陌生信息的一部分，对陌生体验的再度开启保持开放姿势。曲青春对对岸青草的人生经验先入为主，然后，诗人的陈述带着对中平卓马的敬意进来，建立了自己同摄影家的对话关系。虽然“我”的经验再度衔接了摄影的维度，感知胁迫感知保持它在任何维度无所不能。

这应该是一张
拍自盛夏的照片。疯长的荒草
已经要淹没那栋老宅。这是一个

我小时候经常去拔猪草的荒弃宅院
它上面的天空比天空都蓝
它上锁的门缝里
黑暗总使人疑心
那个荒废寺庙里的菩萨居住在里面
——(《中平卓马老屋与火研究》)

曲青春对中平卓马的“研究”失去了阐释激情，感知的触须推开摄影二维空间的门，一个新的主人盘踞在这栋老屋里。在以上两重由感知引导的时空重构中，一些东西生成了。因为感知的自由植入，新的关系世界中，摄影景观和工具语词的双重复活使新的表达体——一种可以称为前景语言区域的“势”（polarity）的东西——产生了，在最后的指涉以极其虚弱的方式到来的时候，前景语言脱离了“事”，产生了暧昧的人称极性。当然，这个像极了主体的形象还不拥有位格（person），但它的倾向性富有神赐的活力，以一种富有神经感的断肢扦插在“我—你”构成的主体间性的密林，开始建立与秉持纯粹的感受力到访的人的独一关系；它朝向读者展开多重偶遇，经验被重构，甚至直接取代了。在这样的势能中，诗人没有停步，继续跨入下一个维度：

对页
是一团旺盛的火焰
竹管在剧烈燃烧时发出
无节制的尖叫。如果
我合上书页
大火会烧起来吗
我逃出火宅了吗？窗外安静的夜色里
好像菩萨正向我走来
——(《中平卓马老屋与火研究》)

前文的“势”产生的言说的主体极性，是一个混沌未明的语言自体，它在凝视中维持生命力，维持哲学意义上的偶在。这个语言自体，是一个可以称之为“旋芙”（groove）的存在。用“旋芙”来对应一个音乐术语“groove”（通常用“律动”来完成它的汉译），是因为相对节奏、节律、频度而言，只有“groove”完成了作为生命体的独一性，形成了可以“姿势”与倾听者建立对话关系的言语者，是一个本维尼斯特崇尚的主观语言的源泉，而“律动”不足以表达这些。旋芙的出现，是诗形成语势的标志。正因为感觉的引渡和虚弱的指涉浑然一体，旋芙作为魂魄跨越了经验和事实的局限，超验中的信以为真可以轻而易举地实现，“对页”的大火在此时当然具有引燃老屋的可能。犹如一段动人的尾奏，抒情者在宗教指引下安然回到抒情的基调，完成了这个作品。

旋芙在灵光显现中不断激活前景语言，语词在奇特的场性中从既有意义中走出来，领受另外的形象。曲青春的诗作中，可以举出多例，尤其是有名物注意力的那些名词性的诗题：梨的成长和食用被赋予命运，椅子的坐姿得到新的剧情，火焰在另外的维度被塑形，地窖的秘密感知重新示人，疯言疯语被郑重接受为预言……因为旋芙，感受力专注抵达的细节有新的表述力而变成活词。旋芙是词成活的语言动态。除此之外的动态，语言皆为前景区域的客观语言，是工具性绑架下的语言木乃伊。

曲青春诗的独特语势形成的旋芙绽放在虚实之间，奇迹变得平静而日常化。在《斧头研究》中，墓地回来的父亲的告诫——“你看不到，但这 / 并不意味着 / 什么都没有发生”，也正是旋芙诗学的真谛所在。来源于农业或农家生活的经验在时间中被消磨，只留下像“铁锹反光”之类的感知的碎片。深谙时空学的作家都知道史诗在描述个别时的无效，只有断片能将编年史忽略的生命真实拯救出来，摆脱客观语言的冷凝，进入诗语的旋芙之境。旋芙是诗的前景语言的指涉之地，悬停在诗语的尽头，并非确定的事物。曲青春的诗少有言明的冲动，为指涉而存，这使他的诗包含一些未名之物。使用远指代词可能已不是本维尼斯特式的代词崇拜，指涉的主体只是作为语势的主体感知地带，是一个主体的残片。《那种红研究》表述了农业记忆中那些非关丰收的闲散之物，它们以知觉碎片的形式隐匿在乡村记忆深处。然而，就前景语言看来，这些碎片寻觅的语词在诗学上永远都不会是既成之物，它们只是一种可靠的信息，情感的狗引导一位言语的盲者跌跌撞撞地在各种摸索中，进行辛苦的象征和判断，甚至有诗人因为不能走得更远，而将一首诗不负责任地抛给修辞和声韵。

因为，几乎所有被找到的前景语言，尤其是名词，都是罗兰·巴特在他的摄影语言学名著《明室》中的“明室”之谓。镜头一遍遍试图深入本质，捞取回来的印象的偶然和片面只能在对照片的庞杂观看中走得更远。曲青春应该体悟到中平卓马焚毁自己作品时的心情：偶然、偶在和个别性在旋芙形成之前，依然有可能只是语言的废物。曲青春的诗，在开始即珍视细节的生命感。“那种红”的指涉意图催赶曲青春的语词往前流动，经过了“是”，来到“在”的区域，“研究”的结论应是“不在”，进行一次遥远的指涉是唯一能做的事。在这种强烈而又混沌的情感中，回望诗语，依稀发现了语言的旋芙。

曲青春也是发现者之一。诗中明显的禅悟显示，很多微微诉说的事物所形成的感知史已经在中途拥有了定论，但诗人绕过了它们。“我们—我—你”的复合人称彰显了这种隐约的宗教的代词结构，当然，它们必须是一种罕见（但在宗教义理中屡见不鲜）的诸相同构。很少有诗人在保持私密性癖好的同时频频使用复数人称，曲青春的主客观界限的模糊难辨或许是由禅悟赋予的，他使用“我们”的频度很高，形成他诗中迫近的感受和瞭望之间的姿势悖谬：

我的体内，那么多人
被锁在无边的
秋山中，黄叶落下
就像一个老朋友
在深夜里敲门
两个人站在黑暗中，又不知道
该往哪里去。
——《秋山研究》

这种矛盾并不是研究姿势的症结，而是形成了令人惊讶的通达感，内外、远近、他人与自我、个我与众数、生命体和非生命体之间的边界荡然无存。但黑暗像乡土一样孕育着这种可称为旋芙的疑惑：汉语在此刻活在曲青春的诗为母语取得的“多出的一分钟”（《白鹇研究》）里，诗力沉稳，毋庸置疑。

马晨溪
《米脂 2》
35cm × 40cm
纸本
2018 年

组章

刺点及其他

/ 孙磊

一把美术馆中的椅子

一把颠簸的椅子
瘫在那里
只身在那里，它
与我们保持周密的距离
在凌驾于一切之上的
间距中，它
辩证地接受着所有的目光
用它的无言、简练、庄严，
和一贯的耐心，
那怪异的隔膜
俘虏我们，像一只野鸭
俘虏一个池塘。
它甚至发出沉默的叫声，
或者用翅膀一样的欲望
敲打地面，声音
深入地壳
熔岩暗中牵着我们的手，
走向衰老和迟暮。
一把椅子，

它凝视我们
看到我们的缺失，
看到我们是空的、
被融化过的、虚无的……
它便靠近我们
瘫在那里。

冷　血

这儿
极少的降雨量，
不能仅靠种植过活
附近的镇上
一堆牲口
完成了城市户籍
而这儿
仍是无主之地
仍慢吞吞的，
午睡到傍晚
头发就白了。
而婚姻
几乎就是一场恐怖电影
“离开”是主题，
“分开”是论据，
一切以家为单位的事物
都是虚构的。
我们的真实
在百里外的城市黑暗中
那些生蛆的街上
污水纵横的街上
我们的真实
在街头建筑的寒气中

凝固成枯枝，
并彼此交换着死亡
以漠然的敌意。
而这儿，
却还有明晃晃虚无的大雁
一字排开地飞过。

五 月

五月，在我身上，
在脚上，我忍住离开，像一棵年轻的树；
在膝盖里，我奔跑，不受弯曲的诱惑；
在强劲的大腿里，我撑住经常摇晃的船；
在腰间，我的尊严闪着刚愎的光；
在胃里，我的素食，是如此单纯的敌人；
在腐烂的肺中，我呼吸着女孩们的命运；
在嘴上，我说出我的羞耻，它们藤蔓一样给我明天；
在眼中，我有灿烂的道路，但我闭上它，沉默成一把无人触碰的大提琴；
在头发里，我是一阵温暖的风；
在头脑里，我的风旋转，形成死亡的美景；
五月，在我的身体里，
有一个家，有一张桌子，
一群亲人，他们多次原谅我，
这一天，他们的原谅，在我的杂草里，
有一阵智识的虚白。

玻 璃

那条街散开头发，
城市就软下来。
某种深渊的声音，
像叫夜的手

捂住嘴。
你的手，传递着
一艘船的冰冷，
使我
无法想象
在永别的夜里
怎样成为
玻璃。

刺　点

我还在这儿，
树下遇见更多的树，
你身边有更多的身边，
我是你边上
最短的边，
直到很久以后，成为
最老的边，
树下依旧能遇见树，
身边依然依偎着身边，
你仍是你，
而我，还在这儿，
像一截经过勒紧又剪断的
绷带。

失　去

我多次选择的
不知疲倦的
在祖母的旧屋中成为浮尘的
屋外枣树、桑树、杨树下如火般炽烈的
院子里坐温的石板上充满刻痕的

村庄般不断被绝望剪辑的
街面上泥泞的
信心
今天突然撒手
澜沧江湍急的水流里
闪耀着刚愎的族群式的声音
它席卷的黑暗
再次黑下来
在明亮的午后
山也一瞬间趴下
附耳
但我没有听到
他说给我的一切

下　山

油菜花在山上，
在流经弥渡的河中，
一条草鱼跃出星空，
夜幕垂下盐水，
卡车抛锚，
日落式的油菜花山坡，
我沿着它下山，
一直走到
无法寂灭也无法汹涌的
微波中。

一个人拥有的最高品质

静穆，喜悦，
不为激情所动，
不虚伪，不恐惧，不傲慢，

绝不奴性，
不助长敌意，
敌人是必然的，
不仅仅有反驳的意志，
相信一致性，
不等于不相信断裂的、碎片的、混沌的一切。
不等于不清晰，
诚实地活着，尽管不可能，
内心保持微妙的平衡，
尽管一个斜面，
总掌握着我们的
未来。

（选自微信公众号“两只打火机”，2022 年 12 月 30 日）

阳光很直，直到消失

/ 昆鸟

新　路

此刻，我走的是一条新路
这是一段两端截断的路
打开在两边的，我从未见过的新田野
陌生人正在南风中打理新耕的土地
绕着墓碑和大树，杨絮
不知道想走还是想停

这是一条太宽的路
因此不是一条去找你的路
我走过扶着锹休息的人们
槐花和柏油的气味也走过我
彼此的眼里，满是陌生人的亲切

而我仍怀揣疑惧，我知道
我正走在一本倒扣的书的书脊上
有时，危险看起来就像舞蹈
有时，舞蹈比道路更像道路
我不知道，写在路基之下的
是故事、箴言，还是谶语

恐怕还需要一些时间，这条死路
才会站满人，才会开放给生活
还有爱，也要以更深刻的方式
被全都说过谎的人们，经历为命运
而此刻，尽头的长墙背后
不倦地放大着的天空底部
正升起一只金箔风筝

两座房子

离开自己郊区的住处
来到这座城市的郊区
一连几天住在你的房子里
我爱你这里偏僻的气息

你的房子有九个高大的窗户
窗框上是我出生年代的红漆
那是种向外开的窗户
已经没有几块没换过的玻璃

我的房子阳光直露
你这里却总在下雨
好几天，雨豢养我们
淋着两条搁浅的鱼

晚上，你站在我身后
我总是去开窗，把你的影子转进雨里
最后是我的。我淋湿一半的手臂
已经沉迷于推开窗户时渐钝的力矩

我习惯对着外面站上一会儿

再转过身来拥抱你
我知道你会一直那样站着
带着一种并不期待什么的笑意

现在你已经入睡很久
看起来健康、自由、无所畏惧
我打开离你最远的那盏灯
趁雨还没想过停，盯着你建造灾难的彩泥

你这里的一切
都比我想象的熟悉
包括这里的布线、摆设、灯的亮度
甚至墙面上的污迹

要是再待上一段时间
我会以为自己一直住在这里
我也从未见过这样的房子
有那么多窗户，开向那么多雨

你说你也喜欢我的房子
那里让人免于时间和言语
所以，我们不得不来来回回
为了片刻的安顿，投身不息的流离

我们总是穿上最合脚的鞋
一手拿着票，一手拎着行李
这终于是命运，满车厢同乘的陌生人
看着我们，从一个郊区去另一个郊区

他们一定也都做过些准备
尽管不是所有人都有目的
一路上，云把自己堆成涌动的群峰

高高的灰蓝色，让人想为之哭泣

在北京

阳光更直了
当它来到墙根的药渣上
罗圈腿的男人扎稳自行车
在里面翻检了一个下午
这个下午应该还有一点药性吧
我不知道
我不知道那天的气温下降了多少
我觉得自己好像不在那里
只记得
阳光很直，直到消失
我的所有疑问
都已经被我忘记

证　物

我回到生活中
像一件被退还的证物
凭那股证物室的味道
你很容易就能认出我来
生活中却再没有我熟悉的东西
熟悉的只有与一切的距离
我试着触碰世界
用那枚经过反复比对的指纹
蘸取一点盐，和随便一点别的什么

姑娘们，你们有裙子

姑娘们，你们有裙子

你们的裙子真美
看见你们穿裙子
我就高兴得像个傻子

在我诋毁世界的时候
机灵得连良心都没了
而在世界还没有的时候
渊面上运行着一条裙子

是红裙子？绿裙子？
我说不好
在有裙子之前
颜色如何可能？

如果我穿上裙子
我就好好地哭一次
因为裤子发明前的空山空水里
坐着所有穿裙子的人

姑娘们，你们有裙子
有夏娃从蛇那里领来的装束
你们穿上裙子
我就用鳃呼吸

（选自《十月》2022 年第 5 期）

垂钓者

/ 李继豪

经 过

当我再一次经过的时候
你已不在这里
那些让你专注的人和事
也平移至另一个新世界。
不知你是否还像以前那样
满怀热忱地早起，拥抱工作
和每一位朋友或敌人笑脸相迎。
不知你是否会停下来
像我一样，偶尔陷入记忆的暴雨。
当然，这类问题算不上重要
绵长而有力的白昼，将引导我们
始终走在正确的道路上。
但至少在一个让人向往的时空里
你接纳了所有可能的变化
我经过，被一丛喑哑的蝉鸣吸引
漠视了你身上的矛盾与美丽。

难以抵达

作为一个亲爱的客人
你两手空空地回到这里
没有带来任何新的事物
也没准备好合适的心情。
当你转过最后一个拐角
两扇黑漆木门没来由地洞开
门口石榴树下铺满落花
像一片小心翼翼的轻叹。

越是接近就越是难以抵达
来去之间令人恍惚。
你站定在最深的阴影里
渐渐成为阴影的中心。
月光淹没了路尽头的屋宇
陌生的孩子在荒草间狂奔
那看上去有些遥远。

噩　耗

短暂的停顿过后
他的叙述变得笨拙起来
语气里甚至透出几分抱歉。
仿佛祖母的离去
从他告知我的那一刻起
才成为一个无可更改的事实。
后来我们不再对话
默契地看向窗外的小菜园
穿堂风呼啸而过
最后的余晖尚可以忍受。

显然，他不懂得怎么安慰
一个刚刚失去祖母的男人
正如我不懂得怎么安慰
一个又一次失去母亲的男人。
但可以确定的是
他经历了更严重的事情。
他本可以放声大哭。

垂钓者

时间在鱼线上停住了
稳得就像时间本来的样子
这让他悲伤，以至于愤怒。
可他必须在波纹出现之前
一动不动——像十五岁的一天
被暴躁的历史老师用眼神
钉在教室后面的墙根那里。
现在，将它牢牢钉住的
是身为一名垂钓者的自尊。

这是一个能让所有人
都感到寂寞的春日午后
也可能是夏日迟到的黄昏。
并不像电影里发生的
他坐在专门为他准备的椅子上
收获了好运。也许满湖的鱼
都被父亲钓完了，他这样想着
也学那个狡猾的男人
往左边耳朵上别了一支烟。

操场漫步

我右手边的沙坑里
两个小男孩在玩沙子
沙子扬起又落下
像他们时而争吵时而和解
左前方，操场入口的台阶上
几排中学生正提着嗓子
向一首朗诵诗发起最后冲锋
随声音起伏的蝴蝶结
昭示着青春健康的心灵

与我并行的是一位白发老者
他手握风筝线，腰板笔直
倒腾着可敬的小碎步——
在这几乎无风的天气里
他就要放飞一只雄鹰

作为置身事外的那一个
我不止一次地想要加入其中
直到一个足球滚到脚边
我终于在想象中飞出了
奋力抽射的一脚

相　对

穿过林中小径
像循着某种友善的指引
迎来一大片湖。

湖对岸坐着另一个人

显然，他在那里已经很久
靠在椅背上的身体蜷曲又放松。

我们相对，如身处镜面之两端
因深陷同样的风景而不时望向彼此。
被遗忘的荷花开在我们之间
仿佛湖水也已经消失。

（选自《诗刊》2022 年 11 月下半月刊）

乡村风景

/ 严彬

乡村风景

在一面红砖砌成的围墙旁
有一堆金色的玉米堆得很好
凑近看你会发现它们个儿差不多
长度和直径都刚刚好
像鲷鱼同时产下的多胞胎　像士兵
铁丝编成的铁丝网也是那么好
网眼大小相同　我猜它是由一位
老师傅　在明晃晃的车床上编成的
因此　那些金色玉米　完美的铁丝网
让人见了怎么能不高兴　诗人也都想
乘机写几笔　自然都是赞美。

感　想

星期天的上午我照样很疲倦
睁开眼睛只看了几行字未经想象就累了
后来我就闭上眼睛漂浮在几段音乐的水上
太阳透过窗户照着被子和衣服是暖和的
很快我又睡着了，可很久没做过美梦

安静的时光怎样度过才算好啊！
有时候又渴望夏天到来，
万物在烈日下有一股干草香。

南方的甘蔗林

他们在收甘蔗。

天很热，太阳照着成片的甘蔗林，
它们已经长了六年光景，收割了六次，
六次长出甘甜的茎，
供人们咀嚼，榨甘蔗汁。

风吹着甘蔗林，
甘蔗狭长而锋利的浅绿色叶子
彼此摩擦，摇曳着沙沙响。
那是甘蔗林才会有的响声，
比风吹动芦苇要锐利得多，
当你行走在秋天的甘蔗林中，
仿佛声音也会将人划破。

在我小的时候
用一尺多长的砍刀收割甘蔗。
寒露时节，我们在浏阳河边搭起
甘蔗的棚屋里看守甘蔗，
有时候要守上半个月，
直到甘蔗都由水路装船，运走，卖掉，
换成生活的银线和金钱，
剩下一块一块光秃秃的甘蔗地。

在那些丰收过的秋天的甘蔗地，
我们还能找到遗漏的甘蔗条，

没有收割干净的小甘蔗，
作为孩子们的馈赠，增添乐趣。

而它们已经成为记忆。
二十多年来，浏阳河边
再也没有人种植青皮甘蔗——
和广西与阿根廷的甘蔗——
它们是紫红色，更甜，更粗，更紧实，
一根甘蔗能重新生长五次——
和它们不同。

万物各有各的记忆。
生长和成熟也是记忆之一。
大风吹着从前的甘蔗林，
就那样引起我们怀念。

浏阳河边的甘蔗林和稻田
都已成为过去的记忆，
作为二十世纪南方乡村遗照
融化在我们这些南方人的记忆里。
我已经四十岁。
从清明，到秋分，
我见过有人再也没能回到南方。

家族旅馆

四十岁了
我奶奶对我爷爷说——
不要再按年月出卖你的苦力
该为往后准备做点什么
建一栋小楼，开一家旅馆
要有七八个住人的房间

还要在旅馆底层开一个店铺
卖一些这里有和没有的商品
把旅馆开在乡村和城镇接壤处
摆摊出售一些从地中长出来的东西
旅馆的外墙刷成亮色，附近要有一些树
不要不透光的樟树和招虫的苦楝树
可以有一丛芭蕉
下雨时，要让雨水落到地上
经营一些水蒸气
一些不易变质的东西
有一个小小的寄售黄金和宝石制品的柜台
出售铁器
我们会雇佣一两个长期工人
（买辆耐用的红色或浅蓝色小汽车）
记住，这是一项长期事业
要让全家人，至少是你自己
五十年都不必为金钱苦恼
现在我们就去准备
你即将四十一岁。

荒年纪事

六月到了，河水已经上涨
他们在那里共饮一瓶过期的葡萄酒
分食春天做好的几篮白面包
在长满杂草的河滩上
婴孩重新学习走路
有人跳起了非洲舞
六月的前两天
所有人都往日记中填补一些快乐
追忆那个失去的春季
四月桃花和樱花已经开过

五月太阳花盛开时山上没有一个人
现在是六月，他们在烈日下奔跑
金台路上桑树的黑果都落到地上
清甜的时节已经消逝
亮马河边中产阶级在找过去的自己
拍打着地毯上咖啡沉积的银壶
绿头鸭和鲤鱼又恢复了野性
在河中央望那些一整天都不愿离去
既欢乐又哀愁的人们。

（选自微信公众号“严彬1981”，2022年12月19日）

我更倾向于这样的猜测

/ 杨森君

巴丹吉林沙漠之咒

一粒沙与一粒沙之间的缝隙
很小

如果掉下去
一根针

如果针是立着的
针会继续下沉
直到看不见，直到——

沙漠里
藏有一根针的
事实成立

第二大内陆河：黑水河

我是在酒泉胡杨林
看到黑水河的
河道弯曲

河水平稳
几乎听不到声响

来自上游的树叶与杂物
漂浮在河面上
障碍物
多是石头
河水流过石头
会溅起一排浪花

飞来的黑鸟
先是在河面上空盘旋
然后俯冲下来
叼一口水
又飞向胡杨林

这条河与其他河的
不同之处是
它没有汇入大海
而是穿行于河西走廊
一路向西
流入额济纳旗
形成了一块块沙漠湖泊

乌尔禾风城

土墟仿佛为落日陈列

一个人一直往前走
走到乌尔禾风城
还是一个人的时候
我居然有了一种想哭的感觉

时光在此白白流逝
不会有人认为这是一种浪费
黄沙与石头相互磨损的
结果是
这里几乎看不到生命的迹象

幸好，我看见了一个骑马的人
我安心了许多
我远远地向他挥了挥手

那个人
也向我挥了挥手

孤　单

在阿拉善无人区
一只黄羊
停下来
看着我时
我能体会到的孤单
不是我的
而是那只
看着我
最终，又远远跑开的黄羊

乌力吉的石头

这些散落在地表的石头
来自天空中的某一颗星球

这样的猜测

仅限于
途经此地的诗人
长期以捡石为生的少部分牧民

当然，不排除
它们是土生土长在地球上
与地球一样古老

我在石冈上像牧民清点羊只
一样开始数石头
最远的石头滚落在坡底

有些是白的，有些是红的
白的居多
乌力吉的石头
永远也数不到最后一块

买　鼓

在一家古玩店
我买下了一只旧皮鼓
付款之后
店主才允许我
抡起鼓槌敲打它
每敲一下
鼓身上的红色油漆皮
就掉下几片

店主介绍得没错
这只鼓
应该有几十年了
我暗自想

也许，时间更长
我出生前
这只鼓可能就存在了

交易虽已完成
但是我能看出来
店主担心我退货
其实不然
一只旧皮鼓
掉几片油漆皮很正常
我就是冲着它的陈旧感
才买下了它

我肯定这只旧皮鼓
很久没有人
敲打过了
再次敲打
还能发出咚咚咚的响声
它就是一只好鼓

白 露

我有办法让自己
穿暖和

一个人居住在
渐冷的屋子里

我有办法
扮演一个爱我的人

今天是白露

沏一杯茶

便见
一根竖起的茶叶

在水中
向我招手

举 杯

应约来到某酒吧
正逢雨天
窗外玻璃上滚滚下滑的雨水
让我想到了一部法国电影

恰在此时
我注意到
邻座坐着一个陌生人
他在独自饮酒

我向他举了一下酒杯
陌生人也朝我举了举酒杯
我们同时
一饮而尽

此后
我与陌生人再无任何交流

我举起酒杯
是出于善意
陌生人举起酒杯
也许

仅仅是出于礼貌

天上过了一架飞机

有一次
我特别绝望

便对着天空望
还自言自语了一会儿

无非以为
天上有一个主管人间命运的大神

望着望着
从东南方向飞过来了
一架银灰色的客机

我的心情
一下变好了

仅仅因为
头顶上飞过了一架银灰色的客机

邻　居

在中国
知道我写诗的人
也就是诗歌圈里的
一部分
亲戚朋友中的一部分
同学同事中的一部分
陌生人中有一部分人

一定也读过我的诗

住我对门的邻居
这应该有十年了吧
几乎天天
在楼道里碰见
他们不知道我写诗

（选自微信公众号“心的岁月”，2022 年 11 月 3 日）

蜀地之诗

/ 杨献平

遍地药香

佛手瓜、藤椒、吴茱萸，名字好听
做的事更好。人也是大地之物
草木环绕，不言不语者
其实用情最深，自我粉碎的仁与义
慈与悲，绵延的丝线
犹如苦涩的母亲，缝补我们的身心

去黑水的路上

人生于世，唯一经受万物的肉体
颠簸是常态，如同近身缠绕的岷江，曲折、含蓄
两岸的山冈植被稀疏
我想睡一会儿，幻想某一种岿然不动
至少要像岸边巨石
于这充满悖论的人间
保持一种不断被冲刷的定力
沿途我不断仰望天空
流云以上，神灵湛蓝的炉火中
打铁，炼钢，骑着灵兽，厮杀在虚妄的战场

……这是横断山脉，风在沟谷锐啸
骑着锋利的箭杆、子弹，现在是汽车
土石公路，迎面和超前的
远去和掠近的，速度和加速度
轰鸣和被轰鸣，我不发一声，沉浸在命运当中

写给黑水人

实在好看，但略有瑕疵
更好，万物不可完美，就像你们
深山里的女子，拉姆或卓玛
胭脂，眼睛里的水
手指的莲花，叮当的银饰及其
在峡谷中碰撞的美
和回声。积雪、黑色的河流
悬挂高坡的住所，日光，当然也要尊重阴影
蓝到灵魂底层的天空
牦牛和羊群拉动云朵
与骑马或者开车的泽郎初、苏拉、扎西
哦，古老的人类，总是两两相对
至于老迈和死，一堆木柴
灰烬的肉身，彩翼纷纷的灵魂

达古冰川之上

一览众山小以后，我感到迷茫
高处的事物，起伏连纵，犹如另一种汹涌
似乎是静止着的
内里的焰火，是另一些激烈
纷披于身的大雪，洁白的背面
必定藏有喧哗与热烈相互抵消的大寂静
我登上，达古冰川，环看群山

日光折射以后，天空垂降
这人神混合的界线，这氧气稀薄的阔大天庭
我没有嬉笑，也不过多拍照
而且只待了十分钟。大凡美景
绝境，逗留得太久，人会生锈，不知敬畏
缆车向下时刻，我抱紧肩头
听任高处的干净与魂灵，低声怒吼

在月坝

利州之外，青草普度，花朵才得以成精
月坝此刻落日，众生变轻。最好的那一个人
盈盈的光晕，正在滋润良心
我在倾听之中，突然觉得耳鸣
泥塘深处，蟾蜍和青蛙
把鸣声送达天庭。黑蝴蝶与蜘蛛
刻在大地上的皱纹，所有事物沉浸其中
引我至此的人，群星的窗边，此刻风穿寂静

在纳溪

可惜我已不怎么喝酒了
长江在峡谷之中，万物的命运古老
但时刻清醒。连续的涛声使得圆月发红
继而潮湿。夜半闪电，雷声敲打一个人的
过往和此刻，清醒是另一种罪过
雨在竹林与幽密之中
令蚊虫感到疼痛。街道上还有车辆奔行
此刻劳作和回家的人们
他们刻苦生活，在恍惚之中，习惯敲碎他者的梦境

稻香渔歌的早晨

茼麻的灯笼照耀，窗玻璃以外
行人脚步与石块重叠，屋外青草独善其身
唯有黄鹂殷勤
叫醒舍不得起床的人
稻香渔歌紧靠西岭雪山，雪始终下滑
在低处的人间，为写诗的人们
添水栽花。一望无际的田间，多少植物生死
成就这世上的人
包括爱与恨。感恩的池塘满捧花叶芦竹
与天竺葵、油菜花合谋
围困土泥小径。热爱生活者当着朝霞
说出内心的疼痛与祈愿，一阵风中的蜜香
在民宿的庭院，几只竹节虫
三根细毛竹，哎呀呀，于大地之上如此享福
远处孩童的嬉闹
我兀自发笑，忍不住与这个世界凌空拥抱

（选自《诗潮》2022 年第 10 期）

聚餐

/ 六月雪

秋　分

中秋过后，人们去平分远方
一场暴雨带来崭新的起点
天又高了，更蓝了

仿佛只有赶路，才把天空赶得辽阔
仿佛只有辽阔，心中块垒尽除
我进入深远交替的时光隧道
窥见动车站正匀给天涯几个倦客

我匀给时间的想象
挤满站台，人们拖着行李箱急促赶赴
光与色亦匆匆。站台外廊柱巍然
空灵与幽远随处可见

公园里

春天，紫叶李结满果实
我在饥饿中散步，只观望从不采摘
鸟儿们落在长椅上歇息，持有与我同样观点

而三角梅满树繁花，仿佛是对果实的追慕
另一种生活在同一片天空下
银杏叶着急地发绿，努力变成黄色

植物与植物紧挨着，一把伞紧挨着另一把
树上的男爵离开多时
我每日在此仰望，但寻找什么
为什么寻找，寻找到了什么，我不得而知

聚　餐

圆桌聚餐，人们三三两两自由交谈
气氛热烈持续，液体交媾，溢出杯盘
对飞翔崇拜的样貌
浮现其中一些人的面孔
我有着底层人的在乎，与眼前的食物对峙
仿佛遥远时空的一次随意窥瞥
在现实的餐桌之上

界　限

我找出床头你的书
一头隐秘的狮子又一次跃出
我已读过，熟知那难耐的剧情
已然记住又不太清晰

我决定再次抚摸狮子。那些文字说明
你愿意成为的那个人——是秋风惯用的语调
每次你也企图
在我破碎的文字找到另外的我
你说：我来寻逻各斯的女狮子

我吹去书的灰尘，抹去修辞的痕迹
内里的狮子依旧具象
你端起咖啡，走进损伤的下午
在积雪融化的道路上，乘上失踪的卡车
复写一枚牡蛎漂流的狂欢

我触摸到了
狮子的鬃毛，柔软的优雅
引导我步入奇幻荒野
荒野是一个诱惑的囚牢，词语在横冲直撞
我因痛苦的快感而战栗不已

限　量

别急——我这样安慰自己
他正在收集露珠与落叶，好换取一张
来看我的动车票

我等待，词语像纷乱的银杏叶
飘落在高铁站出口，我书写过的语词规矩
没有一个笔画，出现在不能出现的
方框外。默守让我厌恶与挣扎

“一场旷世持久的相见！”我描述着下一次会面
显然夸大了事实本身
天还凉得不够快，我准备的棉衣
在修炼忍耐术

冬　雨

这个冬天的第一场雨绵长亢奋

天气更冷。你仍然缺席
雨中的马没有奔跑，我也停止追踪
人们在期待一场雪

洁白的事物令人向往
而我在等——
一个晴天，像等我们的再次相见

我曾喜欢过雨，喜欢没有伞的日子
在淋雨的路上，可以痛快哭着
告诉你，我的眼中全是雨
你要笑着念出：润物细无声

持续无声的夜，我在窗前看雨
看你在你的雨中，挥霍着我的想象
仿佛分配一种天然的资产，我也有我的雨
它们来自同一朵云，落在你的脸上
成为汗水。落在我的身上，成为皮肤
而我们是否还要等——
一个囚禁的冬日，一个衰老的隐喻

时间班车

那么多好时光，我快挥霍殆尽
我体内的雪不再纷飞
好像从未登过山巅，而身体已然在下坡
一天一级台阶，我无心两旁的风景
近处雾极大，有人告诉我这是霾
霾中的遇见带着魔术，我与你是其中的道具
而时光是魔术师，任意把我们组合又分开
我曾支取那么多夜
献于戴着面具的魔鬼

他说着动听的谎言，代表了圣途
谷底在哪，我奋力想看清一生的结局
骰子没有摇出赌徒的运气
为何没有在赌运好时把自己押上
视力也配合着减退，看不清骰子（或时间）几点
现在，我只余对你的思念可以任意挥霍
冬天快到了，路途快尽了

（选自《江南诗》2022 年第 12 期）

回到房间

/ 秋子

山顶之歌

当一匹狼或者别的什么动物来到山顶
它俯视，月光统领下的世界
似乎永远不会开始，也不会结束
动物的头颅因被触动而仰起
它的嚎叫声穿透夜的棱角
群山和松柏——
群山和松柏抖落掉枝叶上的风声

这时候如果是一个人
他将学会缄默
他在黑暗中摸过一个圣坛
默默移到自己胸前

在黑暗中

黑暗中什么都没有
什么都有

短的是萧瑟

长的是凄厉

黑暗中，一抬手是海
躺下，即是坟墓

黑暗中，呼吸吹灭星辰

野油菜花开到天尽头

那些在我生命中出现
尚在人世挣扎，
贫穷、卑微的人啊
那些田野、河水、风的受孕者
那些父亲和母亲
这是三月的春光
大地在酿造巨大的金黄，和蜜

此刻，所有的道路都通畅
所有干涸的嘴都合上
所有深埋于泥土的事物，都来到
来到阳光下

父亲，和母亲
请跟随野油菜花，一直走到天尽头
我也将，原谅自己

等春天

去年的金樱子、风车茉莉
野草莓，认识的是
去年的我
今年的花，只会认识

今年的我
这样想着，我就
不那么害羞了

哀　歌

如果有一天
所有的鸟都必须学会爬行
太阳只能在夜晚出现
猫要和老鼠称兄道弟
牛羊不能再产奶
天空被裹上一层幕布
成年人要像小孩那样玩
一二三 一二三的游戏

如果时间足够长
这一切都将成为正常
如果时间足够长
我仍想活在这世上

回到房间

当我回到房间，在桌前坐下，我就想
我哪儿都不要再去了
这里有床、猫，有食物，还有书
我再也不想从我的板凳上起来
余生都不想再挪动。我就待在这个屋子里
守着时间，像守着一个慢慢长大的婴儿
倾听它的呼吸，不错过它的任何时刻。
我把自己抛到早晨、黄昏、星空下
收割回来的过程是那样荒芜，雨水
打在风中。那些碰撞，相遇，霓虹灯闪烁

我厌倦的心此刻蜷缩在一盏灯下
我要在这个房间，将自己重新
拼起来，抹平它的纹路

黄昏手记

真好啊，还有一个黄昏加一个夜晚
可以度过，还有长长的时间，敞着门
等她靠近，步入
她像一个，奔忙一生，只为赴黄昏之约
的老人，卸下苍白的发冠——
没有一个队列需要她加入此刻，没有呼叫声
会被她听见。该发生的都已发生了，一天之中
风松开了树枝，马路如潮水般
从脚边退去。她喜欢的时辰，是鸟雀归巢
万物降落，羽翼收拢
是越来越多动物的脚步声，加入夜晚。
是一只碗和，一把椅子，有动人的面容

（选自微信公众号“从时间中隐身”）

概念瓶颈

/ 田凌云

藏身之地

在家里看天才的书，想起天才和疯子
仅有一线之隔，而我爱着这些天才的文字
不愿过多想到藏在文字背后的人和笔
是否也正发出同样的巨光
——我曾领教过那样的火焰
生疼、万箭穿心、将人的灵魂一击致死
身体这块巨石，一下变成了一堆不起眼的碎屑
但这或是众生的宿命，也或是天才的宿命
而我对所有人的祝福，就是不去打扰他们
以便给自己找到一个被人群遗忘的藏身之地

概念瓶颈

娱乐掏空了人的灵魂，而灵魂
深陷在灵魂的塌陷当中
这些年我目睹了未知物在体内升起
又从不知名的地方落下
于中途的某种他人之声成为概念
从而背叛自身，像我从一出生

就被锁到了“名字”里，仿佛再没有其他我——

恢宏之力正在溃散，现实分秒击败肤浅
疲惫的工作无法变成重复之外的幻影
人们纷纷将视线从狭窄中取出
但生活作为最大的戏剧，一生也无法
令人窥探其肉眼可见的真实性

声音如锋刃破坏了完整，事物在尊严中被搅成碎块
而真正的荣耀在何处升起
寂静中获得的圆满无人问津
伟大的人呵——
将虚构的自传送往真理，尽管它疼痛，充满泪水
像黑色的落日，在乌云的脸上弹奏寂寞的竖琴

永恒之吻

女人吻过石头的身体
像天空用灰烬和雾霾爱过它自身
背叛它的部分

只有这样的吻才诞生了爱情
——不会停止，也不需要
向世人提供相恋者的姓名

对比的不朽

整个思维如同分散的海，
在各自的轨迹中，表演
目光的全部

混乱静止于思想的藤条，

我用力扯下它的荆棘，黑暗孔雀上
隐秘而茂盛的发丝

它在歌唱，我身上的冬天和缄默
我那无的情人，为我送上的
大于存在中情人的，更为炽热的嘴唇

在我丢弃的相信中不朽。

（选自《延河》2022年第12期）

东北的女儿

/ 张雪萌

包法利夫人和罗道耳弗在展览会

“我想，我是被困住了。看这些马儿，鬃毛像雪原的波浪
在风中扬起，可鼻间的铜环却将它拴在原地
浮沉有多难耐！两股力悄悄地作用着我
当我的披巾飘动，当心引向门窗的眺望
被琐碎牵绊，合敛了眼睫和叹息；

“只消瞅见这些庸碌的绅士，拖着两撇
滑稽燕尾，往来交际，像凫游的家禽。
您可曾见过大海？生活的粼粼轻巧，波光下
使人盲目。向纵深处去，沉船，因其高贵而自遣
那该是怎样的一种动机！

“您注意到路边的卜命菊了吗？过往的追问
仿佛还在残瓣的尖梢上颤动。我竟未曾想过花期
总有采摘，也不缺少眼泪，青春轮次填补了
欢笑着的主角。现在，它逸散的香气
正在空中板结，成块掉落到棚厩的泥地；

“我愿耽搁一生于景致。观看的兴味浓过亲历

葡萄的想象来自饱满，总向舌尖诱使；可我
更流连陈醪的馨香，美，绕着圆台缓步
在次第中弥漫了更深处的官能。您踏着过往
来到我身边，渐次的褶皱有迷人的缱绻；

“婚姻的眠床爬满骚动。夜晚如一具石椁
压向我；紫癜星野上，结着冻疮似的月亮
多么悭吝！总有幸福，从未将那半面向我显露
您有的是自由，仿佛骄傲的天体，正朝着圆满进军
一日胜过一日。重复中，我将自己漏尽；

“两个错置的括弧彼此背对，爱情
翻覆几次，将就着在俗世入睡。
可我瞧见您！像未出口的半韵被
一句无意玩笑接纳，误会也变得动人
就让我滴入您。爱您松香般的情感
曼妙的琴师，在并行的命运之弦上，第一次发现了我们；

“我在乡村的谷仓上，见过神父书写的标语
红字走笔淋漓，嚷叫着，似乎要将人碾压
把空气震响。神不负责救赎，只是吞噬
且有着生番的快意。镣铐的锁孔
那晚，我听到它轻轻一响。蛰伏的恶魔
只一挥手，我便款款地去做他的命妇……

“得了吧！我们对幸福抗拒，恰恰助长了
遍地的愚蠢。世间的倦怠不必一再复刻
用你的舌头对我说些谎话，会比忏悔动听。
途穷者走在无妄的路上，理应允许他
拐入繁花锦簇的小径。哪一处，盛放了更大的真实？
这并非背离了信仰。我从来虔敬，只对尘世的爱人；

“心愿比心活得更长。
有时我像飞蛾，让想望的热病
缠绕神经。要把危险的倾向，履作一次出行
快去，永处地平线下的，光芒
就会在那儿隆起……那灼伤双唇的”

吻过了才发现，从未有着实存。

尼莫点[1]

想象巨大。想象一种温度无人触及
且是訇然的塌陷

海洋，你冷漠的卫兵，目击极点易碎的宝盖
秘密着将自我，部分又部分地护送

洋流延挽着葬礼的音讯，而坍落已经完成
唁客名单上，伫着自毁和欢愉的名姓

远地的铁皮君王，疾驰中甲胄尽绽
那些被给予了火焰的人，高速地向心一堕

无死者。远超想象之上的……
现在是等待了。客队接连从白色织物中苏醒

当他们在夜宴和狂欢的跃进下
第一次发现了寂静。

[1] 即 Point Nemo，是地球表面距离陆地最偏远的地点，位于南太平洋中央。距离尼莫极点最近的有人类出没的地方是 400 千米高空中的空间站，也是航空器分解坠落的集中地点之一。

危 楼

书架承负增生，地板上的骨殖林立
窄仄的斗室，经纬线罗织着景深
人在灯前，一页页矮下去
失眠的罚单，却夜夜峦重嶂叠

攀附群山关乎仰止。前人之影
灌满了整座楼台，往来倏忽，排演南风的姿势
在半途想象月亮：那奇异的白银
也曾被伟士的眼芒攥温

窗外列车呼啸，过期了手头的票根。享太牢之同辈熙熙
能留住的祝福，在烟灰里越弹越短
邋遢的隐者将日历钉乱，是冬，是秋消息
人，在陷阱中踱步，删减着自己

它真是怪兽："美，一种可怕的东西！"[1]
士人和行客，在摩擦中互相烧尽
小楼峰尖，至理的经幡飘动
终夜无歇。远处的春宵滴淌着绿蚁

我也曾感到厌倦。失意的桴鼓相应
木阶复说着横梯。还需商量现实，谁登上高处
就嘲笑所有的游戏[2]。今朝要卧入低处的欢群
拿去吧，一砖一瓦多赘余

[1] 出自《卡拉马佐夫兄弟》。
[2] 变形自《查拉图斯特拉如是说》："谁登上最高的山，谁就嘲笑所有游戏的悲哀和认真的悲哀。"

雪　人

“看！看我的雪人！”他把最后一捧雪放回原位，熨平它被飞沙磨皱了的下摆。天太冷了，这么、这么大的旷野，只存在于梦魇。他奔跑着，呼出的气在睫毛和围巾上挂了霜。雪还在下。步子从积雪中抽出变得艰难了。红彤彤的膝盖。死掉的、全部死掉的光和树……只有雪，雪从上空，从脚下，从四面八方,赶来安慰患了目盲症的原野。寻找雪人的观众,已经跋涉了一路。雪落在那可怜的造物上，天使们嘲笑着唾弃。没有房子。关闭上了，小小的、煤气灯安详的眼睛。起火的、灼烫的眼底，映着白色祭奠上，全部雪人旋转起的裙裾……他想起来那个被朝阳包裹的上午，女孩子们跑着打闹，吹肥皂泡。当孩子们醉心于泡沫流动的七彩光影时，只有他在未涉足的雪地里，听到了破碎的声音：一个的，一个接一个的。

圆　月

关于美满的知识，他们所知甚少。
守殡人，注视圣体在旷野之上消殒，
星辰熄灭后，弥漫着夹带死亡气息的磷光。
来自那些更渺小的族群，人造飞行器
像恢宏遗迹前偶至的访客；
你了解比肩永恒的尝试，同样可笑的论调
闪烁在冻毙者和宣讲家的脸上。
如今，他们佯装无辜，抛掷前嫌
祝福你的运行，看那惨白的步子
交替起伏在田地、大厦和海洋。
此刻，将你的光伏调至最大瓦数
如监视官，持灯巡行在现代的废址。
这一夜乍醒，求荫蔽者，在渐暗的映照下
继续罪与谎的营生。金色瞳孔忽大忽小
像阿努比斯的天平，拨弄着麻黄碱的剂量。

东北的女儿

一

日头黑得真快。鸡蛋黄似的残阳，毛茸茸地
滴进呼兰河里。高粱地间蹦跶的麻雀，安静了
叫这夕阳镀上了柔而红的剪影
映在眼底明晃晃，像小姨的巧手，为窗户上打点起
热闹的年画：玻璃冰面上，八仙图，锦鲤尾，浮游摇曳过
整个冬天。许是大地冻得寂寞了，这红，这冬晔
都迫不及待地融化进地平线。
热意从指尖的哈气，弥散至
炕下柴火，噼啪响，烧得只叫人头脑醺醺。
我在袄里面软绵绵地翻个身，
白面般的身体，被村里的哥哥，用眼光摩挲个遍的
正扑簌簌地发芽。姨姨、姑姑坐在炕边
嵌在黑脸庞里的两粒眼珠滴溜溜转，手指翻飞
传颂谁家媳妇新奇事。不叫人吃那三碗饭
又嫌“太懒，不下地干活儿”；偶尔，妈妈朝我努嘴
叮嘱着，进家门后，留心这邻里的眼睛像箭镞，稍不牢
女人的房里话，把人钉得翻不过身。她们言语
也晕乎乎如蒸汽，从耳边飘散了，遐云样的心思，却流向
屋外：车夫打马走过主干街，笃笃的蹄声敲着洋大道
络绎运送豆子玉米、战事消息。我想带上妹妹
逛逛集市，看那西国银链戒指、二手皮靴，或是抓一把
俄罗斯糖。然而这街上人人面孔肃穆，大氅匆匆地鼓起，来往着
像灰色的风。偶尔夜里，我们听到萨满巫婆走在街口，她嘴里
先是哞哞，又嚒嚒着，叫人心头盘旋起不祥的雾来。
小报如雪片。冬日越近，飞得越紧。
这是一九三一年。

二

不是第一次，我拿起刀，对着他。要上学堂，要逃婚
“捆，我也得把你捆回来！”一脚踹到肚子
我在地上打滚儿，而他的面孔，在上方临近，怒视着我
浑身发颤，不知怎么处置这不听话的玩具。
总是在逃，在躲。枪炮如流火，指到哪，便又
卷起铺盖，袖圈儿沾满灰，擦眼泪时候留下黑印印。
我写，也是在逃。要立足，背后却跟来詈骂
一句一句，说离经叛道，又说逆女
要气死他才好。乱了伦理和乱了国家，理当同处
可这枪杆子戳着脊骨，像父权的具象
气血和身子都太薄，使我常在深夜畏罪。这笔，能成为我的
一根针？旅馆的斗室，书摞起如高塔，每日的信件
替我输送求救讯号，又衔来外界些许好回音，叫人和着疲倦吞下
营养着小小自尊。灯盏摇晃着，将我的影子，在蜕皮的白墙上
投映得更大。以身饲虎，或许，我更要与它同化
房费仍催促着现实考量，时刻提醒
我是亚梅，也是娜拉，不管在虚构里，捡回哪个“她”的命运
我仍是——谁的女儿。

三

车厢上，攒动一粒粒的灰脑壳。酸辛的是旅途
更是将麻袋里干粮打开，一口口咽下般滋味儿
哪一处流亡地，重庆，香港，台湾，人人嘴中喧嚷的
都是我不熟稔的乡音。巨流河任其奔腾
但总有不可至的航道，消隐在南端的异域
这夜幕又覆盖上星光灿灿的九龙
烟蒂一吸一明灭，吴侬而绵软的粤语，挑捻起
又暧昧着，在偏安的沙龙流转。我朝那些绅士伸出手去

自北而来的身世，却是话尾末了，不忍递出的名片
也随她们嬉笑，陈义甚高，学狐步舞，认领才气催发
虚荣心。生活是有起色，像醉酒后的红晕，然而
哪处的火，慢慢暗淡了下去。是北中国
在童年的野山坡上，奔跑追逐过的晚霞吗？
那天筵席毕后，接过电报，说的是他离世的消息
“原来你也会老”。深宅的院子里，埋下了，被疾病
捶进年岁的咳嗽与懊悔。烟吸得多了，肺叶里的支脉
不祥的黑孢子，从中心沿散，更像一个个开枝散叶的后代
从他怀抱中挣开，下落黑洞洞的，遁入来不及了解的
后文。或许还有后文？哪怕出离太远，眺望不尽
可那北方的忧郁，仍吹动着檐下的玉米
村里哥哥的小调，还终日萦绕着，“妹妹哟”，绕过了
蜿蜒在冻土裂口上的界河，船夫的纤歌。
或许真是出离太远……“因而愿意忘却，但又不忍
轻易忘却的，莫过于太早的死和寂寞的死”[1]
寂寞的，都深深埋下了
还不知要催生怎样的愁与恨。关于
我，祖祖辈辈的
我，一个东北的女儿的。

左撇子

今天，学生规范也拷打着我的稿纸
这敲一下，那敲一下，希望金属的声响掉落出来，以便管制
长大，原来是和指示标语熟稔无间。

我是左撇子，但用右手写字
当初纠正我的老师，也不清楚为什么要
教另一半的平庸胜任写作，尽管

[1] 出自茅盾所记，《呼兰河传》序言。

我的左手这二十年来一直试图
发出它的声音

没有人想问问我的左手，你
要说什么呀，总有一只右手会替你说的。
现在你安静些吧。
需要做的，是配合它
搬起那只箱子。

（选自《诗建设》2022 年第一卷）

每个石头表面都有沉浸式的纹路

/ 赵茂宇

微观赋

进入和放大泥沙是理想的工作
日复一日在积水中逗留，泥沙在月色下就会显露
留给你的，是一个又一个的圆形宇宙
选择最佳的入口，取决于你卧床的姿势
和收集的几类颜色。白色是从门前的雨雾进入
紫色是从草藤缠绕的地方，最好留出石门
劳累可以从此走出。若是黑色
沙发是最佳选择，可以从任何缝隙进入
路径柔软，隐匿其中的河流、沟谷、植物
都可以随意变换，最好大山之中
有一颗巨大的橙子横卧，就在你的眼前
而隐匿是微观的一种法则

圆（一）

去河水中寻石，是一种圆的展示
每个水面下的河石形成流动的圆
必须得俯首、沉默，与河水形成凝视
周围的野花和兰草才会被圆接受

每个石头表面都有沉浸式的纹路
这是水对石头的效用，也是圆的效用
雕刻的效用。宇宙和星球的轨道
此刻在石面上代表一种流动和贴近
房屋隐秘处的蕙草、庭院、竹苑
只有在水中，圆才能告知你它的降临
整个下午，圆逐渐进入你的身体
携带你想要的水石，就是携带一条河流

圆（二）

一个城市有多少圆，旧话里说
“这是方正问题，应该去问河面的乌鸦。”
城门面向月亮和新日，去往街道的圆石
进入门窗、庭院、竹道、鱼池
圆就会穿梭其中，以露珠的形式
渗入油漆。女人和她的家庭、首饰
以针孔编织的麻绳，是蛇的圆形
以两极作为情感基点，洪水、山崩就会到来
而圆穿梭森林、河流，进入万家人的房屋
给沙漠唤来雨水和阴影。一切是圆的扩展
木和光驯化天空的痕迹
旁观者告诉我：“圆即自然和赋形。”

圆（三）

女人们穿着红裙子在蛋糕边缘跳舞
梵高的眼睛中，蓝色是圆
连接宇宙深处的云层和地面万物内部的每个细节
圆在缩小、扩张，与天空的鸭蛋融为一体
他躺在河流上，随着云层变化而膨胀
逐渐他的身躯超越了河流的宽度

延展到周围的森林、山群。他被包裹进去
颜料流失的地方像一口口井
大地上这么多的树屋，他进去待到夜晚
在画架旁的枯草安睡
圆逐渐缩小，进入他的梦境

拜访帖

如果夏天来临，我带着心爱的豹子来拜访你
我们进入许多岔道，那儿有错落的西瓜
它吃起西瓜，便停不下来。错过了彼此约定的日期
整个夜晚，你在梧桐树下等候
黄昏已被街道吸进一个木盒子
我关心它的材质，你总是去到二楼就遗忘了
我们午后到房前的池塘，天空落下小雨
旧钥匙锁住房门，你定是去对岸坡地除杂草
我们在房前的木凳坐下，那与水共存的空间
当夜色来临，你扛着锄头和新鲜的玉米
出现在远处的烟雨中，我和心爱的豹子便起身去迎你

俗　本

符纸几百年前封住洞口，俗本中
被伐树的男人揭下，晨时洞口游出大鱼
午时跳出狐狸、野马、麋鹿、白象
与骑着老虎的蛇王。黄昏过后
才是万千美人图，她们在图中修行
尝试让天空在每个深夜下雨
把雨水引入山洞深处
他们出来，准备与人类一样在镜中轮回
而我们在树上的王国
观看他们在洞口来回跳跃

后花园

控制雷电，是人们古老的愿望
而城市总是在雨中奔跑，被落石侵扰
几百年，都在往楼梯上滚动老虎的欲望
灯光把街道、群树、丝绸的影子贴在天空
模仿飞禽的革命，终于要进行不下去
深夜，人们进入房间，躺在沙发上
逐渐陷落和安睡，沙发下面是往世的后花园

气　息

留心树上的岛屿，麻雀、松蝇、芦苇
与它靠近，森林收集的东西有限
但它掌握天空和木纹的朝向
速度与秘境的真意
人们用石头、砖块、船只登临
它的信息在空气中我们难以获得
夜晚降临，它藏于叶片、细缝、汁液的
气息脉络，通过露水、溪水、泉口
弥漫入江水、街道的每个角落
每个肌体。城市上空，迷雾若大象
为什么，森林中的月光反对登临[1]

（选自《诗刊》2022 年 10 月号下半月刊）

[1] 化用陈先发《枯》，“为什么只有枯，才是一种登临”。

马晨溪

《安阳 2》

35cm × 40cm

纸本

2022 年

《致敬李白》诗选

/ 姚辉

致敬李白（节选）

一

你应当被琳琅的星辰
再惊醒一次

灵肉中的山河依旧以痛
及醺然的方式活着
谁被绢帛之影遮掩？
虫蛀的字句再次萌发如风般
坚固之芽歌与梦
仍将重复长剑边缘呼啸的
千种霜色

浮云又起。捉月的人
还能以所有遗忘的道路
证明什么？遗忘也是一种代价
拼尽酒意的人属于更为
古老的遗忘——你是让杯盏
死去活来的人你

将大半个朝代掖进骨缝中
你修订星辰守护的善恶

一些星光袭用你的空旷

从这个夜晚上溯至累累呓语
你流苏的醉始终绽放光焰
那些被酒滴压碎的身影
曾交换过让殿堂倾斜的
哪一种沉默？

你即将让铁铸的星空
再上升一次

二

你在山中未遇见的道士
正端坐在桃花萼中

他念风云诀将方形露滴
嵌入鹿的路径他
为悬瀑准备了多种飞翔的方向
他让钟声内部的锈迹
成为最后的方向

他在青色雾岚中安放
竹刻的所有警觉——谁
是将你的足迹挂上
鸟翅的人？你认得他
折叠的梦以及伤势

草剑上浮动一个

丰腴的时代桃花可能
会替换黎明的某种
白色阴影

他给你三种松树的遗忘

一种让赤日战栗
一种源自为云请命的头颅
一种属于烈风属于风与热血
难以闪避的最初疑惑——

三

月亮是某种纵横术。以
灵肉互补的甘苦为界
月亮是剑戟试图交换的
大宗焰火

月亮让谁的名字褪去
苦难的底色？你自月影中
降生像泥淖深处
那朵呼啸之莲你的热泪
让三种月色活着你
擎着月亮燃烧的往昔

你让月亮的翅翼反复垂落

月亮为谁归来？江声
被千百次镂刻在竹简上
你是大江绯红的骨头
你掌握着月与流水
悠远的习俗

你将冰雪淬炼的月亮
搁进父辈的背影父辈需要
一些新的背影你必将
成为这背影的一部分

你是被月晕多次耽误的赤子
大江朝东而梦境却总向西
你挥舞的长剑已嵌入
梦与江潮湍急的追缅

月亮不想再成为某种
纵横术它退回到
凛凛苍茫中并以爝火
墨绿之痛复述偌大
天穹永无止境的
麻木与期许

四

比梦境低矮的山总在逾越
风雨的平仄春秋被纳入
乐府的节律间你如何
凭借一个生僻的错字活着？

你如何活成一种警示？
鹏鸟将道路置换成诅咒。酒
与烟尘水势中的龙影反复生锈
祖传的骨骼陪龙影生锈

向殿堂中的蠹虫递上某种祈愿
你还将预留多少祈愿？冠盖

压碎灵肉一个将咏唱
叠成启迪的人为何总在
一遍遍错失墨写的寄寓？

桃花和露。一己的爱欲
被挂在宫墙上。歌。
云霓服务于王者鲜艳的痼疾
弹铗者醒着弹铗者
只能无辜地醒着

你的命运系于这莫测之月
起初你将月亮从襁褓中扶起
然后给它金质的肝胆痛
遐想然后你把桨声还原成
月亮黝黑的未来你从波澜中
捉取的月色仍在取代
史册歉疚的千种慰藉

五

用一座山抵押
命定的风霜而你必须
剔除那多余的弦月

让帆也成为山影而你曾漠视这
飞翔之帆被酒意划伤的帆已早
忘却创痛你在杯壁上
搁置龙的凝望你
让帆进入铁打的波澜

那隔着月色寻找天穹的人
标示出苍茫的秩序他

躲在你骨节中以季候之暗
印证你无法印证的
各种霜色

山：东面的风硌痛
姓氏与道路西斜的风
为谁挪动既定的怀念？

你将再次隶属于
墨渍左侧的弦月

六

让酒入梦。这绮丽之想
仍将发出典籍与痛暗黑的
千种震颤

酒已让梦境辟出
遐想及爱坦荡的通途
酒经过你灵魂时必须绽露
绯红的追忆酒是多种寄托
那些被酒的波涛锻造的
夙愿已然超越所有值得
珍藏的苦乐

酒。昼夜历经了反复咏赞
一个人固守的酒
是否还能发出命运
悠远不变的回声？

你布置的词句充盈
漫漫酒意。千秋襟抱

也是某条道路至关重要的
冀望抑或崎岖……

——还是以酒为梦吧
在多刃的风云深处你
仍会沦入生涯最为
刻骨的沉醉

七

炼丹者背负赤霞静立。

他在疾风上
镌刻黛青色蝌蚪文
熟悉的火势照彻旷野
他将大量身影移入
古老的灰烬

你敲击的文字被他塞进风的
第一种冥想。他替代过
你的遗忘替换过谁
易碎的警惕？

而露滴与烟尘进入到
既定的淬炼程序中
还有一己之痛颤抖的往事
以及迷误。陈旧的星光
也可以通过熔炉逼近
最初的苦乐

你无法听清他持续诵念的
口诀——霜正烙上

丹粒焦煳的震惊

你将在什么时候成为
炼制梦想的唯一火焰？
你修改他或天地的
秉性从某句多棱的誓言上
取下各类纯金的
细小颗粒

一粒药丸顺黄昏滚落……

灵肉裂开欲望在寻找
某种华美的对应

八

让一条江沉默是黄昏
对我们唯一的诉求而云
将告知我们该以怎样的
方式让大江沉默

你是比江水走得更远的人
除了痛与爱灯盏能
照亮的已只是这片
汹涌的波澜了——你可能
已早适应了波澜
易变的沉默

云也在被不断改变着
从漩涡内部移至
岸石永远嶙峋的梦境
云在自己的筋骨里安放

绿色雷霆——而大江
依旧。你随霉变的月亮
重新浮出典籍

可能仍会有人把整条大江
装进杯盏中。沉默
是一种宿命你在火与
朝代的面具上凿刻
江流古老的救赎

九

可能会有一种长夜
仍在宫殿之上
时隐时现

是被鸟翅刮伤的夜或
风雨固守之夜么？玉冠下的
头颅开始颤抖
你将玉冠罩上粪土
——王侯的幻梦又划过了
雨与风声承载的习惯

你如何让玉冠
忍住那么多疼痛？
世纪像一道铁栅嵌在
呓语之外——而我们
已让酒滴中的往事
越发遥远

夜
渐渐高于烛光

我试图泅渡的酒意
随火势斑斓……

十

摘星人已将指纹印上
浩浩天幕——

可以泄露的命运关乎
生涯与爱摘星人超越
风云不断检测
苦痛与火晶莹的成色

“不敢高声语？但可以
撑开旧帆。你适应的沉默
触动苍凉而远的回响……”

星盏内浮动大家固守的
祈愿——光荣属于挚爱
属于星与星之间
既定的辽远秩序

如果星辰再次上升
你能否唤醒烟云
代替灵魂闪光的
各种期许？

而曼舞之星
已成为某种
值得珍藏的梦境

十一

风起。大地跃过苍穹
那些颠倒的爱憎
很想穿越锡箔之忆

用一种风声延续追缅
——我和你的追缅
可以忽略也可能
被忽略了多年

谁熟识祖先支离的硬骨？
你将自己的夙愿砥砺
成铁你是以酒容忍风雨的人
如果风雨坍塌你
就能替换生涯悠久的惊喜

风呼叫。风的路途
旋舞风正经历
酒与梦境交错的光芒

风即将泛红
这源自生命的风
始终不改整个季节艰难的
信仰以及追索

（选自姚辉诗集《致敬李白》，长江文艺出版社 2022 年 9 月）

《另一种雪》诗选

/ 苏雨景

该怎么书写

我不知道该怎么书写那些江河
铺开纸，波涛的颤抖就在眼前
紧贴着我的每次呼吸、每次心跳
横亘于笔端，苍茫、雄浑，如一部大书

我不知道该怎么书写那些土地
它们黑如瞳孔，黄如肌肤，红如血脉
用哺育淹没劫难，用慈悲点亮灯盏
善待万物，就如同善待自己的子嗣

我不知道该怎么书写那些稻菽
丰饶抑或贫瘠，都不能阻止它们
借助太阳的光辉孕育果实，延续命脉
它们一次次献出自己，才有人类的生生不息

我不知道该怎么书写那些村庄
它们母性的良善犹如星光
照耀着前行的脚印，和梦
照耀着时光深处的嬗变，使我看见了良辰美景

我不知道该怎么书写那些命运
它们在历史的颠沛中制造着美
制造着诗香、墨香、酒香、梅香
制造着东方风骨和精神世界的高贵

我不知道该怎么书写那个未来
每一方沃土，都有迷人的炊烟
每一条道路，都有绵延的花朵
我已没有更新的词语，去替代那些山水清音

我不知道该怎么书写我的祖国
借着春风，我悄悄藏起一座火山
它的灼热，是我心底的岩浆
是我准备默默交付的一生

想去北方看一场雪

想去北方看一场雪，一场真正的大雪
在松辽平原的腹地，在冰砬山的脚下
在樟子松和云冷杉丛生的地方
看一场雪，一场真正的大雪

那里，有无数条被雪遮蔽的小径
通往山猫和狍子的隐居
它们衣食无忧，正趁着大雪酣眠
原野之上，白桦林静若处子
任由我一树白一树白地尖叫过去

悬垂的冰凌如银锭，好想拿它们
去沽松辽平原上殷实的光阴
哪怕做一棵桔梗也好啊，抑或五味子

在黑土地的怀抱中安享一生
仿若一片雪花活在一群雪花里

我该拿什么来形容
那些低飞的翅膀，那些山雀、松鸦
它们自由地来，优雅地去
碰落的松果立刻被雪野接纳
就像我被这个冬天紧紧搂在怀中

想去北方看一场雪，一场真正的大雪
和大雪过后的旷野
想目睹一颗尘世之心
如何在一场大雪的喂养中
洁白起来，温暖起来

关于长调的臆断

没有见过太阳的勒勒车吱呀呀碾过草尖儿的人
唱不了长调，他的声音里缺少熊熊的火焰
没有见过月光为蒙古包献上圣洁的哈达的人
唱不了长调，他的声音里缺少款款的深情
没有见过野花一朵一朵开满草场的人
唱不了长调，他的声音里没有蓬勃的生机
没有见过大雪一片一片封锁牛羊的人
唱不了长调，他的声音里没有悠长的寂寥
没有在马背上披星戴月的人
唱不了长调，他的声音里缺少风驰电掣的勇气
没有在草原上历经生死的人
唱不了长调，他的声音会被心底隐匿的围墙挡回去

一夜蹲守

晨曦慈悲，持续轻抚身边的一切
山石旁的凌霄脉络清晰
颓势的叶子，新结的浆果，全都闪着光

他最羡慕的就是那块山石
是他见过的最为沉默的物种
它不必开口，那些叶子也能懂
它们谨遵一块石头的威严
连枝蔓伸过来的时候，也保持适度的节制

有些虫豸则不然
它们三三两两，沿着坚硬的纹理攀上来
张望，交欢，它也并不责备
这一切，都远比一块石头的使命短促得多

风往上吹，叶片发出细微的诵唱
晨曦又亮了一些
山石又亮了一些
他怀里的枪口又亮了一些
他们一起发着光，蓝的光白的光金的光

月过窗棂

月亮升起的时候，蛩声潮水般涌来
嘈嘈切切，像一个村庄的盛筵
这些微弱的生命，在寒霜抵达之前
除了歌唱，还是歌唱

它们挈妇将雏地歌唱，风越紧

它们的歌声就越嘹亮
而寒冷的脚步
并不因它们的弱小，放慢几分

既然该来的必须要来，那就歌唱吧
在尘世之间，用歌唱的形式
接受并爱上这样的日子
稻谷已经到了收割的时候，蒲苇也是

和这些弱小在一起的，还有一些更加弱小的草
风一来，它们就低下去
以柔软的姿态，达成与世界的和解
但低下去，并不代表屈从

对于它们来说，月色是另一种雨水
浇灌着纤细的腰肢，和腰肢下面的硬骨头
在长霜来临之前，它们早已预备好了
平静，坚韧，和无声的火焰

而此时，又是谁佝偻着身子，拧亮一盏灯
拧亮一个小小的庭院
拍打着满身的征尘和别离，向我招手
要我顺着水一样的月光，流回来处去

父亲不再出海了

不再出海的父亲像一具赋闲的犁铧
竖在墙角，空荡荡无所依
夕阳照过来的时候有一些朽木的光
他开始原谅那些风浪
那些与他对抗了大半生多次要取他性命的敌人
他开始原谅没有儿子的人生

开始对四个女儿视若珍宝
他放下远方，放下心里的帆
为了待嫁的女儿取出锯子、刨子和墨斗
他在并不宽敞的天井里巧夺天工
经常被飞扬的锯末呛得咳嗽不止
但他没有停下来，他认真打磨每一块木头
去掉上面的毛刺和不平，像对待那些沟沟坎坎
偶尔也会抬起头来眺望，那时
他浑浊的眼睛里总会蓄满曾经的浪涛

平原落雪

偌大的尘世
万物寂静，人畜安详
众神款款，仪式如此盛大
她们侧身走过的样子
恰是一片雪花飘落的优雅
一些声音若隐若现
先是一株小草内心的颤抖
接着是大地根部细密的狂欢

石头记

很多人认为这是一块石头
我坚信，他们的表述并不准确
趁着严寒还在路上踟蹰
我必须抓紧时间打磨这块石头

我手里的锉刀和榔头比我更性情
它们更急于向一块石头的内部进发
它们上下翻飞，在一片叮当声中
完成了最为急切的表达

重城之外，已是一片阑珊
我在打磨一块石头
许多叶子像候鸟一样消失了
我在打磨一块石头
一些街巷换上了崭新的招牌
我在打磨一块石头

我也在变老，可是我不能停下来
没有了这些铿锵之音
世界比死亡更可怕
我需要用无数的寂寞来填满它

一些风声提醒着，冬深了
我必须抓紧时间打磨这块石头
我要在第一场冬雪来临之前
把里面的光芒挖出来，像玉一样燃烧

（选自苏雨景诗集《另一种雪》，长江文艺出版社 2022 年 12 月）

《在山水的怀抱里》诗选

/ 陈广德

十　年

河水从岸的无声中流过。
十年，把自己的曲折
过成了风景。
河东河西，都在正午的阳光里
露出了绵延。

不思量在身边经过了的
事。落在水里的
白云停了一下，我看见那丛
竹，在风中婀娜，
一片叶子，荡起了
清涟。

——起舞一样，东岸的
那排楼，长起来了
但没有孤独，四周的旺盛
是一片片祥云，
在缭绕盘旋……

脚步轻轻

云来。在小河里泅游。
看见很深的
鱼，追过很浅的鸟鸣。此前的
牛还在吃草。
沿着河滩住下来的
往事，无声。

钟楼的尖顶指着岸边的
云。有飘落的
花瓣，噙着被爱时的照耀，
和害羞，
我的脚步轻轻。

我把从闹市带来的风
送给了青绿的竹。
心里一下子
就多了些热爱，脚步
轻轻。

雪　后

有点冷。几粒化不开的
街灯把一些淡淡的黄，扔过来之后，
脚步声敲出了慢板。

这时的路，没有弹性。

远处，一片白，
有着分娩后的静谧。呻吟，被封在了

体内。

一小绺雪，扯住那段黑色的
枯枝，颤抖着，
犹如一起走来的，白头……

雪 景

涛声息了。用月色一样的覆盖
掩住一些静谧，溪流
更爱梳妆。近处的枝像是走来的
那人，跺跺脚，
抖落的，都是时光。

有荧屏一般的今生，诉说
洁白的梦。柔软是一句嘹亮后的
铺展，那行
被擦去的脚印，在不经意间，
镶进了一些宽容。

风来过，又走了。他丈量出此处的
暖，比月色厚，比人生浅。

雷雨之夜

雷在返程的途中留白，用闪电，
用河畔的钟楼
在停顿时指向的快门。

宋时的大雨趁机抓住了一个
现代女人的
欲望。逃命的车灯用足了

夜的坦诚，
流向可以是撇开蜿蜒的
那部分。

流水用怀抱收留了树叶的归宿。
那块石头的复活，
要等候黎明，牵来白云。

水街的风在吹

风吹来。风带着荻草的白和它的
弯腰，这是冬天。
有人在风里瞭一瞭你，
你身体里的
钟声抽出一些清冽，随风走了。

小河的水用那些薄薄的冰碴
压制内心的波动。
不远处的打桩机打着
自己的魏碑。
打桩机，把多年前的一句唐诗
顺便也吟出来了。

多年以后，有人用白鹭在风里的
弧线一遍遍画出当年的
眼神。

风在吹。风吹得真快。大雪
飘来唢呐的余韵。

晚归的场景

他穿过人群。像模糊的钟摆
在归巢之前提着灯。
高楼上，又一次晃动旧了的衣衫，
他的体内，有一些回音。

他抬头。把拥抱的愿望借楼层
加深。一扇扇窗，
都有弱水一样的伸展，在自己的
边缘里回环，那溢出的
一滴，他报以微笑。
事物又恢复了原有的松紧。

电梯的升停，像吸纳又吐出了
果核。空气在看不见的
清浊中似乎懂得了
时光的耐磨，而门的开合，像是
覆盖了人间的曲直——

他把反复出现的场景调匀。

（选自陈广德诗集《在山水的怀抱里》，长江文艺出版社 2022 年 10 月）

《雪落土墙村》诗选

/ 胡中华

除夕谣

他们在擦亮生活斑驳的器具
丰收的盛宴
即将跨过新年的门槛。而我，
衣物灰白的霉菌还在眼里疯长
铁锅脱落的红锈在内心堆积……
从冰凉的灰烬开始，重新锻打
发红的记忆
五谷涅槃的小妖晶莹剔透地点燃
她们拥戴的王，然后反复清算
骨折的辛酸和得失
当冥想和黎明之光触痛
青草和花蕾的节点
除夕，已被我通过红色的胎记
注射在肌肤，植入骨髓

月下谣

在月下，茨竹沟的溪水清澈明亮
我们清澈明亮，包括泪水

虫声响起，蛙鸣浮动土墙的村庄
秋露如同小小的灯盏，萤火闪亮着我们
细小的记忆
晚风，飘溢着粉红的旧事
我们触动手指，月亮拨动心弦
今夜，没有苍凉
夜空大得像一块梦想的蓝色玻璃

学堂塝上的风

学堂塝上的风
饱满，温和，伴着牛羊
啃食青草的声音，陪我翻书
她轻拂阳光的文字
让黑暗的梦里，飞过
闪光的白雀

学堂塝上的风
翠绿，丝绸一样顺滑
被燕子的剪刀裁成优美的弧线
引着丝瓜的触须攀爬
在向阳的地方吹着金黄的喇叭

学堂塝上的风
婉转，悠扬，乘着我的纸飞机
载着鸡鸣狗吠和庄稼拔节的声响
传递着土墙村男女老少的乳名

学堂塝上的风
带着磨光了擦亮了的农具味儿
看玉米扬花，听高粱燃烧
抚摸硕大的红薯拱破地皮

学堂塝上的风
很懂事，像童年的我
在课内课外读懂山石土田
至今，学堂塝上的风还吹着我
催着我做一股微风
慢慢行走，默默思索

冬日里

八十六岁的母亲，坐在
木凳上，坐在下午的
阳光里。她的拐杖
安详地躺在干燥的草地上
她蓬松的白发，发出针尖
和麦芒的光。她干瘪的皱纹
像是村庄的沟壑，流淌着
深陷的光阴。在板结的土地上
在微风处，长出了
一丝青草。她翕动的嘴唇
像是要说出鲜花，说出
果实的秘密

一只小鸟，时而飞翔
时而栖息。它在草地
跳了几下，披着阳光掠过
不锈钢栏杆，掠过母亲的视线
飞去了。八十六岁的母亲
看着日落的方向，而她的
影子，贴着地面
被慢慢拖长

春节里的母亲

用翠绿的竹叶，扎成扫帚，
教生活的尘埃落地出门。
把青葱的艾草，请回家，
看守贫穷的门槛，保佑多病的孩子。

擦亮生活的器具，焕发新的光彩。
关好粮仓，别把老鼠的肚皮撑坏。

一切就绪了，不忘
把灶神送上天，把财神供起来。
土神这边放鞭炮，祖先那边烧纸钱。

无事可做了，
发给儿孙压岁钱。
你自己，大年初一，
端来箩筐，弄针线，做咸菜……

静坐中的母亲

四野寂静。满天繁星仿佛安慰
院子边，大黄葛树下
母亲仰躺在古旧的竹凉椅里
摇蒲扇，遥想，近忆
宁静似古井，清新如槐花
一丛栀子花坐在她的旁边
像个陪衬，同她一样，不喜欢
月黑风高，暴雨返回
只想听包谷扬花，稻谷抽穗
后面是山泉叮咚的小溪

前面是蛙鸣浮动的田野
她的梦境有了几分月色
一条小路，带着泥泞回家
几辈人在坎坷中
为什么，走着走着就不见了?
只留下，蜿蜒的汗和泪
母亲突然站了起来
向着对面的山坡，颤抖
像是要呼唤她的鸡们鸭们
此时，月大如轮，夜晚亮如白昼
院子前，马鞍山外
高速路上，快乐奔驰
幸福呼啸而过

老屋，一束旋转的阳光

明亮暖和的阳光，照着我
照着我的老屋。偌大一个
院子，栖息在温柔的山窝里。
家家户户这样串着，隔壁
透着光亮，透着声音，透着呼吸……

老屋。我的童年，看见几根
被柴烟熏得黢黑的木头柱子，
一字排开。编一些竹篾，
糊一把泥巴，顶起稀疏的瓦片。
我们生活的炊烟，在老屋盘旋
在屋瓦的上空

生长。我的老屋，开门，关门
都有阳光，照着老屋千脚泥上或是
木凳上的我的童年。屋瓦上投下的

阳光，那些旋转的光束，将我照耀，
细小的尘埃，沿着光束升腾……

你用沉默打包

你用沉默打包，提前了两个晚上。
当然，还有更提前的计划和
言词。长裙、短裤、长袖、短袖和我
说不出名字的个性化的服装。

你细细地收捡，折叠，手势的晃动和
目光的划痕，将衣柜和我
一次一次掏空，空到
晾衣竿的疼痛。

手机嘟嘟的闹铃，赛过
哒哒的马蹄。你拉动拖杆箱，也拉长了
玻璃缸里乌龟的颈项。

背影消失，防盗门哐当的瞬间，
几案上盆景抽出的嫩芽，还有我的
白头发和黄胡须，向着你出走的方向
疯长，卡在门缝里，
还长长了两寸！

我坚信，两寸的距离，长不过上海和重庆。
电话、短信、QQ 和微信，哪一种方式
也短不过两寸的距离。把上海和重庆
放在两寸的房间里，房子越来越空，
空到，我也是
一座空房子。

素描中的回忆与倾听

我坚信
你如银器，在最黑暗的地方
也是洁净

我用素描画你
你在简单的线条里重生
一面被时间
擦亮的镜子，背过阳光，照见你
满脸的幸福

来自清澈山泉的少女
你突破了纸上的一片灰，我的铅笔
不只在手中颤抖

你像早晨到来，眼神太新
我得到你的一滴露水
就是满足
何况昨夜的风，吹亮遥远的星子

我坚信
在黑暗的深处你是最耀眼的银器
也是我的惊喜

我的苦楝树

她是我的痛苦
我的苦楝树，野水沟里最多刺的那类
她摇曳在上坡山
会突然开花。星星点点的紫色诱惑

是我梦想的羊屎蛋，是我青春的公羊
蹦跳着的惊喜！我的苦楝树
她在入药之后，在驱逐了我的瘙痒之后
转身变脸。令两颊的晴空
风呼云啸，电闪雷鸣
她远去的身体成为丝网牢笼，而我
就是其中孤寂的苦囚
啊！她准备让我再痛苦百次千遍
再经受锤炼和折磨
炉火纯青
炼成痛苦的好钢，新了的旧人

（选自胡中华诗集《雪落土墙村》，长江文艺出版社 2022 年 10 月）

域外

光芒深处的光

/ 西奥多 · 罗特克[1]

/ 杨子 译

预　感

走在这片旷野我想起
另一个夏天。
很久以前！我紧跟在
父亲身后，
紧跟大步流星的他
一路走到河边。
他把手浸入浅水：
河水从他腕上的
汗毛间流过；
他的形象紧随流水——

[1] 西奥多 · 罗特克（Theodore Roethke，1908—1963），二十世纪中期美国重要诗人，“深度意象主义”和“自白派”的先驱，普利策奖、美国国家图书奖等众多文学大奖得主。1908 年 5 月 25 日生于美国密歇根州萨吉诺一个德裔移民家庭，家族经营花卉公司，童年的温室经历和严峻的父爱深刻影响了他日后的写作。诗评家将他放在与史蒂文斯、威廉斯和肯明斯并驾齐驱的位置。不仅如此，他还是多位著名诗人的导师，影响过一大批大名鼎鼎的诗人。特德·休斯、西尔维娅·普拉斯、詹姆斯·赖特、杰克·吉尔伯特、理查德·雨果……众多中国读者熟知的杰出诗人，要么是他的学生，要么深受其影响。奥登、狄兰·托马斯等人也对他赞赏有加。

和太阳一起在涟漪中闪光。
等他站起来，他的脸
消失在河水的迷宫中。

间　歇

天气已经失控。
狂风扯下嫩叶
抛在地上，一片狼藉。
我们在屋檐下等候第一场雨。

尚未割裂的天空下，光线
一小时一小时变得晦暗，混沌胀大。
我们扩张瞳孔去适应反常的夜，
道路和灰扑扑的旷野依然干燥。

雨水藏在乌云里；密集的黑暗近了；
风一动不动躺在高高的草丛中。
手上的青筋泄露了我们的恐惧。
我们所期待的一直没有到来。

淡　季

如今光线稀薄；天空广大深邃；
风雨之灾已经痊愈。
收获时节的烟雾在旷野上飘
让清澈的眼睛昏昏欲睡。

花园里蜘蛛织一个丝线的梨
阻止寒冻天伤害它的小家伙。
一条薄纱从橡树上笔直垂下。
黄昏时分，我们微弱的呼吸变得沉重。

消失的鸟儿的喧哗，树木据为己有。
古铜色小麦早已收割，一捆又一捆。
步行者吃力地走在齐脚踝的落叶中；
马利筋的羽毛飘下。

春天的嫩枝已经和年份一同成熟。
花蕾早已绽放，遮住逼仄的小路。
血流得慢了在改变的静脉中如被催眠；
我们始于春天的智慧成熟后转向枯萎。

苍 鹭

苍鹭站立水中，沼泽在那儿
深陷，变成黑暗的池塘——
或用独腿在麝鼠洞上
耸起的沼地野草中保持平衡。

小丑般做作，他在浅滩漫步。
大脚撕开沙梁，
细眼盯住鲦鱼藏身处。
他的喙比人手迅疾。

他将一只蛙猛地吞进瘦嘴，
沉甸甸的喙指向林子上方。
宽大的羽翼只拍动一次，便腾空而起。
从他原先站立之处，一道涟漪散开了。

起 源

这粗犷的伟力，
是从太阳那儿夺得；

河流奔涌的源头
锁入狭窄的骨骼。

头脑里知识太满，
侵犯沉寂的血液；
一粒种子膨胀
善的果实破壳而出。

大脑深处一粒珍珠，
感官的分泌物；
环绕中心的晶粒，
新的含义无限增长。

储　窖

储窖湿如阴沟，植物之叶无法闭合，
鳞茎类从箱子里逃出来，黑暗中搜寻裂缝，
嫩芽悬挂，萎靡不振，
从发霉的板条箱里猥亵地伸出，
垂下邪恶的黄色长脖子，像一群热带蛇。
臭气熏天的集合！——
根部如暗褐色诱饵般成熟，
多汁的茎梗异常茂密，挤满地窖，
腐殖土，肥料，石灰，堆在滑溜溜的板子上。
万物皆不放弃生命，
纵然是泥土，也在呼吸稀薄的空气。

夜　鸦

我看见那笨乌鸦
朽树上拍翅起飞，
一个形象自脑海升起：

梦的深渊上
巨鸟飞过
越来越远
飞进月黑之夜，
飞进大脑最深处。

写给约翰·戴维斯爵士的四首诗

1. 舞蹈

那让他以为宇宙也能哼曲子的
想象中的舞蹈正在慢下来吗？
只要力所能及巨轮就转动它的轴；
我需要一个地方歌唱，我需要舞厅，
我已允诺我的耳朵
我将歌唱，啸叫，与熊一同奔跑跳跃。

它们都是我朋友：我看见一头熊滑下
陡峭的山坡，踩着一块冰，——
也许是书上的细节？我骄傲地想：
关在笼中的熊不会用同样的方式
把同一件事重做一回：哦瞧它身子斜成什么！——
这畜生牢记着，要快活。

我试着把自己的身影投向月亮，
这时我的血液跳跃，伴着一首无字歌。
舞蹈需要高手，我没有高手
教我让脚趾听舌头指令。
我学会的独自舞蹈
并非石头哀愁的转动。

我从名叫叶芝的人那儿窃得韵律；
掌握了，又还给他：

因为别的音调，别的胡乱的节奏
让我的心摇摆不定，干预我大脑。
啊，我对舞蹈着了魔，熊
和叶芝知道结果会怎样。

2. 舞伴

置身于动物和人的发情期之间
我发现自己陷入茫然。什么是欲望？——
这冲动是要让另一位圆满？
那女人会用湿草压住火焰。
我是至高愿望的奴隶，
还是空碟子里咯咯响的勺子？

我们以混合的舞步跳舞：
快活的死者教导我们满怀柔情。
谁能接受他那一团命运？
生机勃勃的大地上光变幻着光。
她使劲吻我，接着又干了别的。
我的骨髓像我的脉搏一样狂跳。

我会告诉我的舞伴：我们活着
超越躯壳。谁吹口哨笑话我？
我看见苍鹭在池塘里高视阔步；
我熟悉大象信奉的一种舞蹈。
所有活人都集合！暗示什么？——
笨舞伴让你做什么就做什么！

人们闲逛游荡。谁宽恕堕落者？
欢乐比狗跳得快。管它呢！管它呢！
我回吻她，却唤醒幽灵。
哦多淫荡的音乐偷偷钻进我们耳朵！
肉与灵精通寻欢作乐之道

在众神迷失方向的黑暗世界。

3. 幽灵

不可思议的恐怖和欢畅
与我们的行为如影随形。身前身后，
都是死者孤单的牧场；
灵与肉大喊着要得到更多。
在一个突然阴暗的日子，我和你
一同抗争我们自己的阴暗。

是否那场嬉戏中每一位都变成另一位？
她笑得我出来，又笑得我进去；
我们全力以赴，忙自己的事情；
当光环消退，我们在针尖起舞。
溪谷在花岗岩山下震动；
伟大的日子静静伫立，我们的灵魂向外敞露。

有个躯体，魅力袭人，——
上帝可怜那些人除了深陷淫荡的家伙，——
肉体能让灵魂显形；
我们注意到脚趾上的月光。
在气候多变光影斑驳的森林里
我们和明与暗嬉戏，像孩子一样。

怎样的幽灵发出淫荡的喊叫跳跃向前？——
是海兽和鸟类向着荒凉的海岸猛冲？
是空间用一声叹息赶走天使？
我们上升，迎接月亮，却没看到它。
是她又不是她，孤单的幽灵，
被光线刺穿，缓缓地旋转而下。

4. 守夜

但丁抵达炼狱山，
被隐匿的无瑕美德惊得战栗，
被超出他的期望的强力震撼，——
难道贝雅特丽齐[1]否认但丁看见的一切？
所有恋人都因渴望而活着并且忍受：
招来一个尤物，宣告其纯洁。

即使最后万物令人惊奇，
谁纵身一跳跃向天国？
我们的关系充满柔情；我们还在亲吻；
我们打开混沌为听到不可理喻的声音：
波涛从容涌来，苍白地向我呼告；
她的容貌是即将熄灭的星光中的黎明。

可见之物一片模糊。谁知道是在何时？
事物有自己的思想：它们是我的碎片；
从前我就那么想，如今这想法又苏醒；
全神贯注，我们朝无法理解的东西探过身去。
我们跳舞直跳到闪闪发光；面对默不作答
漆黑无形的暗夜尽情嘲笑。

世界赞成生机勃勃的人。他们是谁？
我们公然反抗黑暗，为抵达洁白和温暖。
当风拦住我，她就是风；
生命处于顶点，我在她的美色里死去。
从肉体升向灵魂的人对堕落了如指掌：
词语在世界前方跳跃，而光就是一切。

[1] 即 Beatrice，但丁笔下著名女性，在《新生》中被奉若神明，在《飨宴》献诗中受到贬抑，在《神曲》中成为引导但丁摆脱“群氓”的光辉女性。罗特克的妻子（他的缪斯）也叫 Beatrice。

天　鹅

1

我设计出一种阴郁的外貌：
她的形象枯萎，却未消散——
非得被那快活的秀发缠住吗？
难道就无法逃出热血的控制？
干燥的灵魂最聪慧。哦，我不干燥！
我爱人热衷的事情，我永远不会做：
她为我的苍白叹气，一个雪做的苏格拉底。

有关未来，我们想得长远；
我活着，公牛般生机勃勃，确定无疑；
一个偶然的人，操着偶然的言词，
用鸣啭回应每一只鸣啭的鸟儿。
我，一个生机勃勃的人，必将离开所有的光。
一看见一丝不挂的她，我就变成
父亲的儿子，我就变成约翰·邓恩。

2

月亮从海岸拖回它的流水。我在湖边看见一只银天鹅，正是我想要的。软风吹拂，惨败的对手弯腰——歌唱缔造一切的乌有，或聆听寂静，像个神。

歌

1

我碰到一个衣衫褴褛的男子；
我想看着他眼睛而他
鼻孔朝天。
我对你做了什么？
我哭泣，后退。

尘埃在角落扬起，
一堵堵墙向远处伸展。

2

我顺着一条路跑下去，
在一个布满凄凉石头
和一堆堆破玉米的乡村；
停下来歇口气，我躺进
光秃秃旷野边缘的虎耳草
和蕨类植物里。
盯着地上一道裂缝
四周尽是碎土：
螃蟹的老窝；
盯着，开始唱。

3

我给那一直在下边湿乎乎
洞窟里的家伙唱：
我用粗俗的曲调求爱；
你会说我疯了。
一阵风吹着我的头发，
脸上汗如雨下，
这时我听见，要么以为听见，
另一位小声地跟我一起唱
孩子的声音，
近在眼前，遥不可及。

嘴对嘴，我们歌唱，
我嘴唇压在石头上。

牡蛎河边的沉思

1

低低的，爬满藤壶的象牙色岩礁上，
最初的激浪来了，悄无声息冲向我，
沿着海岸狭窄的垄沟，一排排安静的死贝壳疾驰；
很快就有一条小溪紧随我，爬得更近，
水里满是小条纹鱼、小螃蟹爬进爬出。

海湾无声无息。无暴虐印迹。
鸥鸟们也都悄悄栖落在远处礁石上，
安安静静，在变暗的光线中，
它们喵喵的叫声，
它们婴孩的啼哭停了。

最后一道长长的起伏的细浪，
蓝黑色，就在我站立的地方，
几乎涨成一道波浪漫过小小礁石的屏障，
轻轻拍打一根沉没的原木。
我用脚趾在向前滑的咸味的泡沫中玩水，
然后退到峭壁斜坡一块高高的石头上。
风势弱了，灵巧得像一只飞蛾吹拂着一块石头：
黄昏一阵风，轻得像孩子的呼吸
没掀动一片树叶，没吹出一道涟漪。
海岸青草上露水醒来；
浸透了盐的木头烧出噼啪响的篝火；
一只鱼鹰在栖木上转身（河口一棵枯树），
翅膀映射太阳反光的最后微光。

2

如行将陨灭的星，自我在昏睡中

坚持，满心恐惧。死神的面孔在它们中重新复活——
胆怯的兽类，盐渍地上的鹿，
公路对面耷拉着肩膀的雌兽，
绿叶上做好准备等着袭击苍蝇的幼蛇，
从榅桲花嗖嗖作响飞向牵牛花的蜂鸟——
我理解这些生灵。

我理解河水：向前翻涌，无休止的波浪，
被沙洲、长满海草的海底和混杂的浮木改变流向，
被侧风鞭打向前涌动，被蜿蜒的潜流拖着的波浪
滑动在隆起的礁石间，疾驰的浪潮，
无声地爬行着，伸入水中的岬地。

3

这一刻，
在认知的至高天国，
肉体获得精神十足的均衡，
暂时学到矶鹞的漫不经心，
翠鸟的灵巧，蜂鸟的自信——
我在我的岩礁上漂移，想起：
四月里密歇根一处湾流最初的战栗，
小溪漫过一块唇状石头；
一道手腕粗的瀑布从岩石裂开处飞流直下，
清晨，瀑布浪花托起一道双重彩虹，
那么小，可以抱入怀里，——
或冬春之间的蒂塔巴沃西河，
当午后冰块从边缘开始融化。
还有受水下压力开始破裂起伏不定的中心航道，
冲着包铁的木桩高高堆起的冰块，
闪光，再次冻硬，午夜嘎嘎作响——
而我渴望炸药爆炸，
渴望涵洞松开那堆树枝和棍子的碎片时骤然响起的吞吃的轰鸣，

翻滚的锡罐、桶、破鸟巢、骑在原木上的童鞋，
当堆积的冰块骤然离开歪倒的木桩，
整条大河开始奔涌，一座座桥摇晃。

4
这一刻，这变暗的光线中，
我被早晨的运动震惊；
在一切的摇篮里，
我被水流的拍击
和矶鹞的叫声
催眠，半睡半醒。

流水是我的意志、我的道路，
而精神奔跑，断断续续，
出没于小小波浪，
与众多勇敢的水鸟一同疾飞——
多美啊，迎向危险的小东西！

明月初现，
万物扩散，
光芒四射。

在一个黑暗的时辰

在一个黑暗的时辰，眼睛开始看见，
我在越来越重的阴影里遇见我的身影；
我在发出回声的树林中听见我的回声——
一个自然之神对着一棵树哭泣。
我活在苍鹭和鹪鹩之间，
活在山丘的野兽和穴居的蛇之间。

何谓疯狂？仅仅是高贵的灵魂

与环境格格不入？白昼着了火！
我了解彻底绝望的纯洁，
我的身影钉在一堵冒汗的墙上。
岩石间的地方——它是一个洞
还是曲折的小径？我拥有的是边缘。

一场持续的相似的风暴！
一个与众鸟一同涌出的夜晚，一轮残月，
在辽阔的白昼午夜再度莅临！
一个人走得远远的为了搞清他是什么——
无泪的漫漫长夜里自我的死亡，
所有自然的幻影闪耀着非自然的光。

黑暗啊黑暗我的光，更黑暗是我的欲望。
我的灵魂，像夏天热得发狂的苍蝇，
不停地冲着窗台嗡嗡叫。哪个我才是我？
一个堕落的人，我爬出我的恐惧。
心灵本身登场，而上帝才是心灵，
而一就是一，在狂风中自由自在。

（选自《光芒深处的光：西奥多·罗特克诗选》，雅众文化出品 2022 年 9 月）

寻找某物

/ 杰克·吉尔伯特[1]
/ 柳向阳 译

诗歌是一种谎言

诗歌是一种谎言，
出于必要。有益于诗人
或美。但也是因为
真实只有这样才能说出。
那些人拒绝伪装，值得赞赏，
正如那些不愿意虚张声势的人，
但他们没有被允许
哪怕说这么多。
德加说：他并不画
他看到的，他画的东西
要能让他们看到
他拥有的事物。

---

[1] 杰克·吉尔伯特（Jack Gilbert，1925—2012），当代重要诗人，一生过着漫游和隐居的生活。吉尔伯特的诗，主要依靠“具体坚实的细节”或“实实在在的名词”，用笔偏疏偏碎，语言突兀。他的诗经常美得让人揪心。几十年来，吉尔伯特的诗歌让许多人着迷。

寻找某物

我说月亮是马在冲淡的黑暗中，
因为马离我最近，伸手可及。
我坐在国王的电报员在山上建造的
这幢旧别墅的露台上，俯望
一片碧蓝的海，和那只白色小渡船，
每天中午它缓缓驶向下一个岛屿。
美智子在我身后的屋子里奄奄一息，
长窗子开着，这样我就能听到
她弄出的微弱声音，当她想要
咂一下西瓜，或者让我把她抱到
那个高天花板房间一角的小桶边，
那是我们最适合当便盆的东西。
她坐下时靠着我的腿，这样
就不会因为虚弱而摔倒。
靠得那么紧，多么陌生而美好。
她双脚的弓形像孩子们
在柠檬树丛里呼唤的声音，我的心
在那里无依无助如鸟儿被压碎。

美智子死了

他设法像某个人搬着一口箱子。
箱子太重，他先用胳膊
在下面抱住。当胳膊的力气用尽，
他把两手往前移，钩住
箱子的角，将重量紧顶
在胸口。等手指开始乏力时，
他稍稍挪动拇指，这样
使不同的肌肉来接任。后来

他把箱子扛在肩上，直到
伸在上面稳住箱子的那条胳膊
里面的血流尽，胳膊变麻。但现在
这个人又能抱住下面，这样
他就能继续走，再不放下箱子。

感受历史

今天早晨天不亮就起来
穿过清新而潮湿的寒意
走进盲目而永不停息的大海。
站在它齐脖深的力量里
想着这还是年轻的亚里士多德
停止大笑之前所认识的水。
冰凉的海浪向我冲过来，
冲过来而太阳渐渐由红色
变成白色。整个大海又变成蓝色
当我走回，经过那座孤零零的
窗户紧闭的别墅。

了解那些无形的

美国人想方设法要看到
巴西丛林深处那些无形的
印第安人。最后他们在空地上放了东西
然后等待。他们等了数月，
也许数年。直到一把刀和一只壶
不见了。他们又放了其他东西
而其中有一些消失了。后来有一天早晨
有一件丛林赠品摆在地上。
根据丛林的选择，他们渐渐开始了解
那些无形者。甚至在没有东西

替换礼物时，那也算是一种看见。
就像那个女人，你在她的五重门外宿营。
照看从这些设施一直通向她的首都的
那些管道。经过身体
和它的风雨，到达头脑和心，到达
精神之外。到达神秘。渐渐到达
来来去去的鬼魂。到达这只夜莺
和那只日本夜莺之间的区别，
而后者不是夜莺。迷失在语言的
背叛里，被跳着孔雀舞的雨水拦截
在冬日午后带伤痕的光亮里。
靠近那肉体，微亮而透明，在她沉默的
开阔地里。爱作为两个灵魂忽隐忽现
在相见的边缘处。没有电梯的
一间三楼公寓，白墙壁而且几乎
没有家具。透过松树看见水。
爱像罗勒草的芳香。丰饶，超过了
每个人应对的能力。五十以后爱的方式。

寂静如此完整

寂静如此完整，他能听见
自己内心的低语。大多数名字
是女人的。离去的或死去的女人。那些
我们轻易地爱过的女人。怎么回事，他疑惑，
我们当时拥有，而今不再拥有，
我们曾经那样，而今不再那样。
似乎活着回到当时，是那么自然而然。
很快就只剩下浣熊的足迹
在雪地上沿着河流渐渐消失。

失败与飞行

每个人都忘记了伊卡洛斯也飞行。
同样，当爱情到了尽头，
或者婚姻失败，人们就说
他们早知道这是个错误，每个人
都说这永远不可能。说她
这么大了应该更明白才对。但任何
值得做的事，做得糟糕也值得做。
就像那个夏天在海边
在岛的另一侧，当爱情
从她身上消逝，那些夜晚
群星如此熊熊燃烧，
每个人都会告诉你说它们不可能持久。
每天早晨她在我的床上熟睡
像圣母降临，她的优雅
像羚羊站立在黎明的薄雾里。
每天下午我凝望她游泳归来
走过遍布石头的灼热旷野，
海的光在她身后，寥廓的天空
在海的另一侧。我们吃午饭时
听她讲话。他们怎么能说
婚姻失败了？像那些人
从普罗旺斯回来（当它就是普罗旺斯时）
说：那儿很漂亮但食物油腻。
我相信伊卡洛斯在坠落时并没有失败，
而只是他的胜利告以终结。

柏拉图壁上的画

走在明亮广场上的人们

他们身后的影子并非只是
阳光里的裂缝。正如善
并非恶的缺席。
善是一场胜利。爱
亦如此。爱并非我们
生来即有的那部分，随着
长大而繁盛少许许，
然后凋落。我们拼凑爱
从我们机械的各部分中，
直到突然有一种以前不曾
存在过的幻象。它就在那儿，
无法解释。那个女人和我们的
欲望莫名地变成了白兰地
被雅典娜的小猫头鹰——
它用哀怨的叫声填充了
山上一座旧别墅四周的
黑暗。正如一个男人或许
被变成另外某个人，当
在那儿过着几分快乐的生活
伴着那位女士温柔的奄奄一息。

安定下来

如果精神明智而衰老，
那将会变得轻松。
但有一种固执的快乐。
夏日的空气在榆树间游荡。
寂静逡巡在屹立的
天堂的风暴中。三十二只天鹅
在哥本哈根的黄昏里。
那只天鹅在一间希腊人的厨房里
慢慢流血而死。

一个男人离开了临时就餐的
饭店，思考着他的轻率。
在一片空阔风景的上空
有物无声地飞过，令人愉快。
他漫游在半途中，向着
他将成为的那个人，无论是谁。
激情让我们孤身而安全。
其他的热情让我们
冒险，恋爱，和孤单。
有时是永久的结合。

雄　心

已经抵达了起点，开始接近
一个新的无知。要成为的地方，
要生活于其中的秘密，要得的罪。
也许在南美洲，或许一个新的女人，
另一种不懂的语言。
像乘一只筏漂泊
在我们已经开始的生命之海上。
热带地区一家倒闭的两层旅馆，
正午酷热中的寂静，太阳
透过百叶窗，迷离。
拿着他的诗坐在小桌边，
每个人都睡了。快乐地想着，
他的手在他将要成为的河流中
划过。

被遗忘的巴黎旅馆

神馈赠万物，又一一收回。
多么对等的一桩交易。像是

一时间的青春欢畅。我们被允许
亲近女人的心，进入
她们的身体，让我们感觉
不再孤单。我们被允许
拥有浪漫的爱情，还有它的慷慨
和两年的半衰期。当然应该悲叹
为我们当年在这儿时
那些曾经的巴黎的小旅馆。往事不再，
我曾经每天清晨将巴黎圣母院俯视，
我曾经每夜静听钟声。
威尼斯已经物是人非。最好的希腊岛屿
已加速沉没。但正是拥有，
而非保留，才值得珍爱。
金斯堡有一天下午来到我屋子里
说他准备放弃诗歌
因为诗歌说谎，语言失真。
我赞同，但问他我们还有什么
甚至能表达到这个程度。
我们抬头看星星，而它们
并不在那儿。我们看到的回忆
是它们曾经的样子，很久以前。
这样也已经绰绰有余。

向王维致敬

一个不熟悉的女人睡在床上
另一边。她微弱的呼吸像一个秘密
活在她体内。四年前在加利福尼亚
三天里他们熟识了。她那时
已经订婚，后来结了婚。此刻，冬天
正吹落马萨诸塞最后的树叶。
两点钟的波士顿和缅因静静流逝，

夜的呼唤像长号般欣喜，
将他留在此后的沉寂里。昨天她哭了，
当时他们在林中散步，但她不愿
谈论此事。她的痛苦将得到解释，
但她仍将不为人知。无论发生什么
他将再找不到她。虽然那喧嚣和罪过
他们可能在身体的狂野和内心的
噪音中获得，但他们将仍然是
一个谜，面对彼此，面对自己。

试着写诗

有一只鹪鹩坐在我精神的
树枝间，它选择了不唱歌。
它正在倾听，学习它的歌曲。
坐在帕拉第奥的光亮里，试着决定
轮到它歌唱时要唱什么。
吐拉拉，吐拉拉，其他鸟歌唱着
在早晨。当雪正好在傍晚前
慢慢飘落，一片寂静。
知道激情并非一种
不混同于活力的个性。这只鸟将歌唱
夏天时它在意大利的恋爱。
但恐惧于经典的歌唱。
将快乐地歌唱凉爽的黑暗中
水果的颜色，熟透的桃子内部的
潮湿，西瓜的气味，
以及与草莓一起到来的石楠。
当太阳沉入寂静，
两只鸟将歌唱。来来回回
成为一个整体。寂静应和着寂静。
歌曲应和着歌曲。去了又去。

去了某处。无处可去。

我们该唱什么样的歌曲

当我们冲它挥手，头顶上
那只巨大的起重机就转过来，放下
它沉重的爪，尽它所能
温顺地等待，等我们扣上
那些三平方英寸的铁板。
带走这沉闷不堪的
现实，当我们再次挥手。
我们给这些取什么样的名字？
给它的嗓音配什么样的歌曲？
耶和华的另一张面孔是什么模样？
这个神按照他的形象创造了
蛞蝓和雪貂、蛆和鲨鱼。
给这些配什么样的颂歌？
是否是那然而之歌，
或者是我们的内心帝国之歌？我们
把语言作为我们的心智，但我们
可是那只死去的鲸鱼，气势恢宏地下沉
许多年，才抵达我们的内心深处？

超越精神

越过大火后教堂的一片废墟，
你能看到行政大楼里零星地站着
一些老人，透过已经没有了玻璃的
精致的窗扉向外张望。
闲散而困惑。有几个人在下面
荒草阻塞的街道上搬东西
没有目的。内心坚守着日益黯淡的

对美好往昔的记忆。庞大的船只
在远方升起，靠岸又消失。
饥饿的男人们蹲在广场的地上，
一片布在他们面前，无物可卖：
一个拿着报废的保险丝和一个烧坏的灯泡，
另一个只有一根大螺栓和螺母
锈在一起。一个有两枚拜占庭硬币
和一堆氧化物，它里面有一片银
上面有一个赫尔梅斯面孔的戳记，但他
并不认得。一个陌生的地方，去寻找
重要、有价值的东西。此刻
独自到达一片荒野，因不满
而奋力，再次需要。不为拯救。
继续，因为那儿也许有某物像他一样。
去参观那不明自身意义的重要事物。

在我身上留下了多少？

渴望，在欢乐之内。心的饥荒
在精神的喜悦之内。高兴地醒来
而现实总是让人不满。看到贫乏
在尽善尽美之中，但仍然渴望
它的严厉。想起
一个希腊农民在果园里，
白色的杏花撒落，撒落
在他身上，当他奋力拖动木犁。
我记得荒凉而珍贵的巴黎冬天。
战争刚刚结束，每个人都又穷又冷。
我饥肠辘辘，走过夜间空荡荡的街道，
雪在黑暗中无言地落下，像花瓣
在十九世纪的末期。壮丽而空阔的林荫道上，
实在性看起来是如此切近，

而那只出名的铜钟讲述着时间。
剥去一切，直到存在显现。
古老的建筑和塞纳河，
小石桥和华丽的喷泉欣然盛现
在空虚里。什么样的美食在这贫困之中。
怎样的新鲜在我的孤独之中。

（选自《大火　拒绝天堂：吉尔伯特诗集》，北京联合出版有限公司 2021 年 4 月）

马晨溪

《太行山》

20cm × 30cm

速写

2019 年

推荐

推荐语

/ 杨键

在诗人成颖的几乎每一首诗里，都有童年、麦地、平原、故乡这些文学原型，诗人的一切努力都向着这些原型回归。他的每一次在诗意上的重返，都像是第一次到达。因为诗人相信，后退的路也是向前的路，这也许是一条真正的自救之路。我们因此可以在成颖的诗里，屡屡读到重识故乡、回归与再建故乡的愿心。

麦田一样的雨

／ 成颖

在厚厚的积雪上

人间需要多少雪，才能照亮
故乡的路
茫茫黑夜，我一直寻找
自身的那片晶莹

我能想象出，它们白头的样子
只几声犬吠
就能把夜色搬空的灯火，唤回家
把忘了的路，唤回家

一些温暖的光影
正从看不见黑夜的尽头，飘过来
而在今晚
越下越白的雪中，回家的路
比我生命长了许多

在那里，白雪像一件夜行的缁衣
须与之为伴
才能穿越归途，穿越

生与死亡

春天的雨水

我俯下低矮的身子
让归来的雨，一遍遍地淋湿
不用看就知道
小麦返青了，用净水灌满自己
我敬重它们

哪怕是一滴来自春天的雨
草木，就温柔起来
像蝴蝶们在水面，升起了光芒
成了它们歌唱的
姿势和生命
有如人的魂魄之水，穿过
所有春天的背景

这时，风起波纹
旧日的墙壁，爬着细小的草木
我体内的
雨，突然流于纸上
在诗的末端，陪我哼着
故乡的谣曲

清晨落入她的眼中

在平原，你所见的事物
都是渺小的
野花、草药和众多低处的溪水
以及黝黑的兄弟
都已习惯了，贴近尘土

而晨鸟不是
它的啼鸣，能直接将你从梦中
拔出来
像四处流走的风
通过喉咙，获取巨大的力量

母亲，开始忙碌
堆积在她身体内的，生活之累
加重了，平原的重量
当她停下时
整个清晨，落入她的眼中

七月豆花

麦子收后，就开始种大豆了
一棵挂果的树
在寂静以外，站着
那些田间移动的人，等待
平原上，隐含的雨
将残留的金黄一一吹起

流火七月，学会分离和接受
我也在植物中，看土地
一寸寸生长
看豆秧，如何自己翻过身
在野菊的黄昏
挽住了，蝈蝈的声音

远处，亲人高声的谈论
掠过一簇簇豆花
和豆花上，那一片被晕染的蓝

等平原再一次金黄
七月，就完成了一粒大豆
所能抵达的芳香

我只有保持沉默

荒草，是秋风佝偻的影子
和我一样的高度
在悄然落下的黄昏里
无声无息地变深，变老

我侧耳于一阵晚风中
听着千百只的虫鸣
和虫鸣的，千百种的孤寂
而我，只能保持沉默

我把双手，伸向荒草
仿佛为出远门的亲人送行
那掩不住的踉跄里
白霜，开始有了重量

等着星光，推窗而入
我就做一个，纯粹的诗人
让故乡在诗句中
取走我荒草一样的面孔

这　里

夏天，从麦穗的灌浆开始。
我无所事事
就坐在屋顶上，看槐花飘落，
看晚归的乡亲，

穿过树林的风，走进无人的老宅。
一种空旷的回声，
来自南坡那片优雅的麦浪
和雨水的表达。
我的心也随之展开，如展开田垄
分岔流水时
找出灌浆的那一滴水，
以及一池蛙鸣
掏空的，村子里所有的寂静。
而这一切，都是我
留在这里的唯一理由 。

南　坡

一一走上南坡，
一片不能舍弃记忆的草地。
畜生、男人和女人
都在这里生长。
就像看到那条颍河，不要试图
去描述它，不必去瞻仰
坡上的蓝和宽广，
无须看得更远。南坡在移动，
似乎我的生命
也成了被牛羊啃食的
纤弱的青草。
黄昏还未降生，就数一数
双脚下的
这片青草，抓上几根含在嘴里，
一根接着一根的
数那些，为生所累的亲戚，
以及南坡下面，
活着的故人。

麦田一样的雨

晚来的雨，一直下着 。
开始是光，是声音，
是父亲，放下了手中的活，
远处眺望。
一台打谷机，独立于季节之外。
必须赤脚蹚水，
去寻找故乡的云，倾听雨声
如何独自飞翔。
但抚慰我的，
是麦田一样无边的雨，包括土地
蒸发出来的气味。
云之深处
它被一阵轻凉的风，推送着
村上的事物，
都在神秘地迁移，如同
这一片麦田，
移向另外一片麦田。

新的语言

/ 江非

山里
月光下
秋天的松鼠
在学习新的语言
它绕着它的洞穴
不停地走动
拖着长尾裙的女士
在松软的落叶上
不停劳动

不久之后
那里将是冬天
整座山降下冰雪
无人再去那里
松鼠和它的孩子们
将念叨着
那些新的词语
一起度过
漫长的寒冬

它们翘着头
每晚忧郁地看着
月光里
那些羽毛一样
飘落的词语
转动着脖颈
蠕动着喉嗓
既信仰又疑问地

咀嚼，破解那些词

那些词中，有一个
含在嘴里
总是那么艰涩，苦涩
像一枚硬硬的杏核
像一件
从来没有做过的事
它们将在风雪之夜
把它吐在空荡的雪野上

东尚石村

/ 燎原

从一棵金黄的柿子树冠看下去
是东尚石村起伏的房顶屋舍
纵向排列的一条条巷道
一丛茂密的翠竹簇拥在一条巷口
一株芍药，杯盏大的花朵个个气色红润
绽放在另一条巷口
房顶的玉米堆旁，蜷伏的狸猫虎视眈眈
窥伺数尺之外的一只麻雀
但它并不像要捕食而仅仅是出于无聊

一个俗世的东尚石村尽头
另一个东尚石如空城堡遗世独立
片页岩垒起的山村
从明朝的坡底盘根错节
一步步垒向白云青鸟的山村
坡底溪水淙淙的房舍前老藤盘绕
仍可见昨夜的秀才凭窗读书，石板桥上踱步
山腰三丈三尺宽的进士宅第

三方青石拴马桩镶嵌于向阳的门墙
门础两侧的方形门当是一种提醒
门楣上的四根雕花户对，是又一种提醒
人去屋空的深秋中，门当户对的人设
是一种无人理会的提醒
但片页岩披覆的街巷坡道载道布道
乱石铺街的行草笔势历历在目
坡道中数步一方的磨盘道不可道之道——
人生坡道上的每一程都有磨难当道
你必须接受磨难直至踏平磨难

还有，你必须在深秋中
热爱东尚石一样的山村
热爱一只虎视眈眈的猫和过去的事物

荒野之路

/ 广子

荒野没有路，但沙子可以通过
除非风也被关进山谷

狐狸迷失了方向
不能责怪老鼠

山羊的地盘上
骆驼在流浪

我们来了，带着迷茫
酒和灰色的少女

奔跑吧时光，奔跑吧兄弟
命运的油门已经踩到底

一只倒挂在铁丝网上的鹰
替荒野道出了实情

呵　斥

/ 灯灯

对湖水呵斥，是因为它太像湖水了
悲伤时没有异议
愤怒时没有异议
沉默时没有异议

我的母亲是一面年迈的湖水
我和她枯坐在窗前
我怀念
筷子掉落在地上，我捡起
新的呵斥又重新到来

黄昏越来越近
作为另一面湖水，呵斥声与我半生相伴

和我的母亲不同，她急于遗忘
我一直在等待

就像这首诗，开头一样。

破山寺扫地僧

/ 龚金明

跨上最后一个台阶
一抬头，他微笑着看我
扫帚抱在怀里

像抱一个孩子

然后继续用诵经的节奏
专心扫地
有些树叶听话
有些树叶调皮

他把听话的聚在一起
接着，反复去拢那些调皮的
不紧不慢
看到有的更加调皮，他独自笑了起来

天慢慢黑了
所有的树叶
终于在扫帚的诵经声中
安静下来

做一匹好马

——致父亲

/ 大枪

珍惜粮食的父亲选择了一棵苍老的柏树
他把自己停下来，让我接下咀嚼的
权利，让我选择做一匹好马。我会在
向阳的坡地上吃草，蛇是喜欢阴森的动物
要学会向土地索要安全的叶子，给它们
安上情同宗族的名字：牛鞭草，猫尾草
羊草，狗尾巴草……它们对培养一具绿色的肺
卓有贡献。不要摇落草籽上的太阳，在农村
“嚼烂草籽是要被诅咒的”“也不要像一个
哲学家那样打响鼻”，父亲教过的这些字
我至今还在运用，要把重读父亲缝进日后的

奔跑手册里，毕竟城市不像农村一样开阔
我已经从农村跑进城市多年，要让马鬃
和气象台的风向保持一致，尽量减少
水泥路面对马蹄的戒备，这些丛林法则
要像父亲的黑白照那样清晰，不然他没有理由
原谅我，我的名下生活着三只小马驹
我要向他保证做一匹好马，保证自己的生活
是一部喜剧，再也没有比这更适合取信的誓词

湖　畔

/ 阿信

琴师桑其格死后的两个星期，尕海湖结冰了。
入夜，一场雪从玛曲卷过；沿湖一带的牧场
黑土被深埋，露出枯干的草茎。
早起的人，远远看见
他的女人在凿冰，高举木勺
猛击狗棒鱼的头。
湖畔小学的校工，小有名气的三弦琴师，我们
在操场边合影。远处，一个藏族男孩
在草丛中捡球；更远处的湖面，几只
黑颈鹤起落。
又一个冬季，我途经这里。
一大群牦牛踩着冻土，在黄昏的
逆光里疾行，像赶往
某个落日下的集市？
湖面发出可怕的声响，似有什么东西
由远至近，从湖底，使劲向冰面撞击。

某个地方

/ 池凌云

在某个地方，我把一些重要的东西
遗失了。轻声说出的话语
像雨水打在湖面上。伸向高空的
梯子，也已经逃离。

我像是已被我的梦抛弃。
我快到了不再做梦的年纪，我悲哀
一个梦的捐献者，记下的梦境
依然在无人能够到达的地方。

而我记得在某个地方，我的脸
曾紧贴着石块，就像贴着
那激烈跳动的心脏。
我以为时光总有办法弥补一切
可这就是世界存在的方式——

在某个地方，去爱一个人已经太迟，
再唱一首哀歌又还太早。

上元节所谈及的

/ 曹五木

爱是侵略和占有。

是两不相欠的热烈。
是遥遥无期的期许。

是午后四点日光里的尘埃。

是你以为我是尘埃。
是尘埃你发现了但你沉默。
你爱这尘埃。所以你拉下了百叶窗。

是日落了而桂树蓬勃。爱是赋予。

是你走着自言自语。
是你在高原走着自言自语到山谷。
是掩饰。是你比用高原更高的事物掩饰你不爱。
你不要掩饰。

雪下着但是回忆更黑。
雪下着你的梦噼啪地烧。

我身边的一切都不是你。

是不交换。是庸常的潦草。
是克制。是克制的躲藏。

是你吃东西想起了你所爱的。
是你要倾诉你吃了东西。
如果你倾诉那么我就是辩白。

爱是扮演。爱是戏剧。
爱是戏剧你要和我有三幕戏的冲突。

要记得世上的恶。爱是我给了你世上的恶。
我给了你世上的恶所以你要记得恨我。
你恨我所以你记得。我们彼此的爱由恶而生你要记得。

是屋宇。屋宇外有两棵榆树。
是梦境里有两棵树。另一棵弯腰向你。

是宗教因为它献祭了一切。是接受。
是宗教它教育我们要接受。是拒绝接受。
是你拒绝了所以我爱。是接受但我说不。

我不爱你。

在峡谷

/ 李浔

在峡谷，深陷在仰望中
这是一种深与远的姿态
天已高远，不会有更年轻的深了。

在想象中，理想一直在寻找着落点
可以是时间，可以是色彩，可以是一个人。

如果想象已嵌入一个人的记忆
那么，裂痕是不分前后
清醒，更会让任何事都越陷越深
直至让世界成为自己狭隘的一部分

药的卷轴

/ 草树

用另一只眼睛看药
麻袋里，药醒来——天麻散发着
阴山的湿土气息，那儿草木葱茏，马儿悠闲
红花，抖落满身细沙，某些手指留下的
秘密指纹，鲜艳、甜腻，那是藏羚羊出没的地方
开始散发出佛陀的气息
当归在坚硬的山地，顽强生长

我见过它修长茎叶的风骨。麦冬收敛
江南一季的烟雨，皮肤淡绿
丰收的喜悦鹅黄。粟壳，正值花儿魅人的时令
引来脚步嘈杂，越过澜沧江、热带丛林
一辆吉普从桥上冲向湄公河
三千里外的宁夏，辽阔的内蒙古草原
一个姑娘蹲下，手指抚摸鲜红的枸杞
正当阳光穿过云层照临

那么多药，醒来，仿佛卷轴抖开祖国的万里河山
神农舌尖上的苦痛和词语
黄连，枳壳，桔梗
射干，芍药，丹皮
五倍子，何首乌，鱼腥草
生地熟地，红参白参
地龙，多么卑微而顽强的生命
海马背上有盐霜，干枯的骨架里
夜晚有永不停息的海浪。涛声阵阵

此去三千里

——寄 38 届青春诗会诸友

/ 刘娜

此刻我们已经登顶并在云雾中转身
风景在车中摇摇晃晃
为仍在青春里跳动的心而酩酊
告别总是要等到告别之后
携着欢笑
不曾意识到正行走在告别的路上

澎湃的青春适宜高举
一饮而下还有杯中的余晖

我们陆续说起
那些曾在乡村的田野孕育
曾在苍凉的边疆陈酿
曾在海的咸涩和沙的磨砺中
慢慢释出鲜香
彼此生命中诗的由来

沉默后有人突然高歌
如同独自走在深夜石鼓的街头
不同的人生里，一段青春在此重叠
我们将在无边烟尘里渐渐隐去熟悉的面孔
而回忆在此妥善安放

来雁塔

/ 刘起伦

为了留住青春的火热你推迟秋天的到来。
来雁塔，秉承南岳七十二峰的
耿直和虔诚，伫立蒸、湘、耒三水汇合处
代表古老衡阳，在历史深处，

固守千年文脉的所有美好元素。
我是第一次来这里。走近它的一瞬
突然心念一动。仿佛遇见另一个自己。
时间在这一刻，打开一扇虚设的门。

天空有白云悠悠。虽然没看到期待中的
大雁之翅滑过长天和往昔。这已让我
心满意足。何况，登上塔顶

看见塔的倒影溶入江中。我感动于多少年来
从没被流水带走。倒是八方来风让我

在动与静的平衡中，完成一次诗的邂逅。

夜班车

/ 李春龙

“夜班车是开往明天的。”

南方的县城飘落在北方的都市
一种小小的孤独
在空旷的夜班车里
迎风一吹，充满仪式感

夜班车游鱼般快走快停
人很少，我的注意力
在自动播报的站名
与斑驳陆离的灯火中不停切换

“夜班车是开往明天的。”
这句话是谁说的？
我边走边想到了这个问题……

马晨溪
《鲸落一》
138cm × 69cm
纸本设色
2021 年

评论和随笔

福柯、本雅明与阿甘本：什么是当代？

/ 汪民安

1

波德莱尔将绘制现代生活的画家称为英雄。这是因为当时的画家主要是画古代生活，而且推崇的也是古代画家。波德莱尔肯定画家居伊，就是因为后者与众不同，他将目光投向“现在”，即全面的现代生活。为什么要驻足于此刻，像一个充满好奇心的孩子那样在街头充满激情地到处搜寻全社会的激情？这是因为现代生活也充满着美，充满着短暂的瞬间之美。对波德莱尔来说，这种短暂性、偶然性和瞬间性是新近才涌现的生活特征，是现时代独一无二的现象，它和古代的生活迥然不同。波德莱尔将美定义为永恒和瞬间的双重构成。“美永远是，必然是一种双重的构成——构成美的一种成分是永恒的、不变的，其多少极难加以确定；另一种成分是相对的、暂时的，可以说它是时代、风尚、道德、情欲。永恒性部分是艺术的灵魂，可变部分是它的躯体。”[1]按照这一定义，现代生活的这种瞬间性特征毫无疑问也是一种美，而且是美的躯体。因此，绘制这种现代生活之美，就成为无法回避的必须之事。也就是说，“你无权蔑视现在”！

受波德莱尔的启发，当然更主要地受到康德的启发，福柯在《何为启蒙》中提出了同样的问题。他分析了康德的《何为启蒙》，指出康德在他的文章中最重要的特征之一即是指出了哲学和时代的关系。康德将启蒙确定为这样一个时刻：一个运用自己的理性而不服从任何外在权威的时刻。也就是说，“时刻”

[1] [法]波德莱尔：《波德莱尔美学论文选》，人民文学出版社，1987 年，第 475 页。

是康德思考的一个对象。康德在许多著作中提到了时间问题，而且，这些讨论时间和历史的大多数文章，都试图确定历史的合目的性和历史终点，即时间总是通向终点的一个时间；但是，“在关于‘启蒙’的那篇文章里，问题则涉及纯粹的现时性。他并不设法从总体上或从未来的终极角度来理解现在。他寻找差别：今天相对于昨天，带来了怎样的差别”[1]。也就是说，“现在”摆脱了过去和未来的纠缠，摆脱了历史合目的性的宰制，而成为思考的单一而纯粹的核心。思考仅仅就是对“现在”的思考。康德这篇文章，思考的就是写作这篇文章的时代，写作就是对作者所置身其中的时代的写作。这是这篇文章的新意所在。“当康德在1784年问‘什么是启蒙’的时候，他真正要问的意思是：‘现在在发生什么？我们身上发生了什么？我们正生活在其中的这个世界，这个阶段，这个时刻是什么？’”[2]福柯指出，对现在所作的分析，这一由康德所开创的哲学的特殊使命，变得越来越重要了。“或许，一切哲学问题中最确定无疑的是现时代的问题，是此时此刻我们是什么的问题。”因此，真正的问题是“现在的本体论”。为了将康德这一问题的新颖之处说得更清楚，福柯还将康德和笛卡儿做了对比。对笛卡儿来说，哲学思考的是普遍的人，“‘我’（I）是任何时间，任何地点的任何人。但是康德问的是另外一些东西：‘在历史的某个特定时刻，我们是什么？’”[3]而现在只能是我们自身的现在，不可能是古人或者将来人的现在。因此，关注现在，从根本上来说就是关注我们本身，探索我们本身，探索我们自身的秘密——我们知道，从《疯癫史》开始，福柯不倦地探索的就是今天的人们的秘密，或者更恰当地说，是他自身的秘密。这是福柯所有著作的共同主题。

本雅明从另一个角度谈论“现在”的问题。对本雅明来说，“现在不是某种过渡，现在意味着时间的停顿和静止，这是历史唯物主义者必备的观点”。这意味着现在并不是通向未来的必经之路，现在和未来并没有特殊的关联。如果说，“现在意味着时间的停顿和静止”，那么，也许并没有一个值得期待的未来。本雅明之所以看重现在，就是为了确保对未来的抗拒，“我们知道犹太人是不

---

[1] [法]福柯：《何为启蒙？》，载杜小真编：《福柯集》，上海远东出版社，2004年，第530页。

[2] [法]福柯：《主体与权力》，载汪民安编：《福柯读本》，北京大学出版社，2010年，第287页。

[3] 汪民安编：《福柯读本》，第287页。

准研究未来的”[1]。就本雅明而言，未来这一概念内在于进步主义信念中，未来就意味着进步。本雅明《历史哲学论纲》一个重要的主题就是对进步概念和进步信仰着手批判。对本雅明来说，进步论持有三个论断：进步乃是人类本身的进步，进步是无限制的进步，进步是必然的不可抗拒的呈直线或者螺旋进程的进步。一旦信奉这样的进步观，那么，现在不过是通向未来进步的一个过渡，因而无论现在如何紧迫和反常，它实际上也不过是一种常态，因为注定会有一个天堂般的未来在后面等待着它。就此，即便是反法西斯主义者，也会将法西斯主义看作是历史常态，因为他们相信法西斯主义者不可能破坏进步的未来这一大势，因此，人们没有将它看作是真正的紧急状态。一旦我们抛弃了这种进步论，我们就应该将法西斯主义当作是例外状态从而对其进行干预。果断地放弃未来，执着于现在，并将现在看作是一个紧急状态，才是当前的重要任务。

在另一方面，本雅明也驳斥了信奉进步论的所谓专家治国论。在此，人们习惯将进步看作劳动能力和技术的进步，人们认为技术的进步能够带来财富的巨大增长。但是，这种技术的进步不过意味着对自然进行敲诈的进步。而且，技术进步导致的财富落在谁的手上？这技术的进步，不过是一场新的剥夺：对自然的剥夺和对无产阶级的剥夺遥相呼应。单一的技术进步导致了财富分配的巨大不公。技术的进步或者财富的进步，恰恰可能意味着社会的全面倒退：道德的倒退、文化的倒退和艺术的倒退。对进步主义者而言，进步论许诺了一个未来的天堂。这也是现代性深信不疑的东西。但是，本雅明试图抵制这个进步的风暴；在进步论者眼中所展现出来的现代成就不断叠加之处，他看到的却是越堆越高直逼天际的残垣断壁。在别人眼中的进步现实，在本雅明这里不过是一场看不到尽头的灾难。

就此，我们看到关注“现在”有这样几个原因。对波德莱尔来说，关注现在是因为要关注现代生活。现代生活展现了一个全新的风俗，也即一种全新之“美”，一种同古代文化和古代生活截然不同的美。因此，关注现在，就是要关注现代生活本身特殊之美。对福柯来说，关注现在，是因为哲学不再关注抽象的普遍人性，而是要关注此时此刻的具体的我们自身，最终，哲学要思考和孜孜不倦地探索的是自我的秘密。对本雅明来说，关注现在是要抵制进步主义制

[1] [德]本雅明：《历史哲学论纲》，载《启迪》，三联书店出版社，2008年，第276页。

造的幻象，从而戳穿一个未来的天堂所许诺的谎言，最终激发人们对现在和当下的敏感，进而在当下毫不拖延地展开行动，最终当下的目标不是未来，而是过去，是起源。

2

那么，我们以什么样的方式来关注现在？人们在福柯的著作中几乎没有看到现在，没有看到对当代的讨论和书写（他真正认真考察过的当代只有20世纪的自由主义）。相反，福柯通常是以历史学家的形象出现的，他的视野贯穿了整个西方历史：从古代希腊一直到19世纪。那么，福柯所要思考的当代在哪里？他在什么意义上强调“现在的本体论”？他如何思考当代人？

这正是福柯谱系学的出发点所在。他的谱系学植根于现在。谱系学将目光投向历史，但其终点和意图却是在现在。这就和那种沉浸于历史而不能自拔的嗜古癖截然区分开来。同样，这种植根于现在的历史探讨，应该和另外几种同样宣称植根于现在的历史主义区分开来：谱系学并不意味着探索历史是在寻找历史的规律和真相从而为现在服务（所谓的“以史为鉴”）；也不意味着历史的写作是由于现在的眼光对历史的投射从而让历史的面孔不断地发生变化（所谓的“一切历史都是当代史”）；它也不同于历史决定论，即固执地相信现在是历史必然的无可避免的结果；最后，它也不同于所谓的后现代历史学，即历史是一种类似于文学叙事一样被叙述出来以适应现在要求的虚构。对于历史相对论者而言，福柯确信，历史并不是一种主观想象之物，相反，历史是真实的。对于历史必然论者而言，福柯确信，历史充满着偶然性，尼采式的力的较量和竞技是历史的充满激情的偶然动力。

但是，历史庞杂无比，泥沙俱下，令人眼花缭乱。我们要打开历史的哪一面？对福柯来说，主体是历史的产物，也就是说，人或者人性，并非一成不变，而是被历史之手一步步地锻造而成。并没有一个普遍的超历史的人性概念。因此，今天的人和以前的人，到底有何差别？今天的人到底是由怎样的历史机制锻造而成？之所以呈现现在这个面貌，到底是由怎样的历史力量所造就的？现在和历史的差异何在？探讨历史，完全是为了了解现在。但是，这些问题的成因并非遵循某些确定的规律，并不存在着一个历史的必然论；相反，它们是力的偶然争斗的产物。斗争，是福柯的谱系学的探讨方式；现在，则是它的最终目标。因此，这种谱系学是关于权力的谱系学，同时也是关于现在的谱系学。它最终要探讨的是这样的一个历史过程：今天的人是如何被塑造而成的？也就是说，今天的人的秘密何在？用福柯自己的话来说，就是“创建出一种历史，这种历史有多种不同的模式，通过这些模式，在我们的文化中，人被塑造成各种主体。我的工作就是分析将人变成主体的三种客体化模式”[1]。我们正是在这里看到了他对疯癫史、知识史、监狱史、性史所作的谱系学探讨的意图所在。它们从不同的角度和不同的层面，来探究今天的人的塑形历史。也只有这样，才能理解福柯为什么不断地谈论权力，谈论各种各样的权力——正是权力塑造了主体。对福柯而言，他探讨的对象是历史，但探讨的目的是现在；他反复地思考权力，但其目标是此时此刻的我们。也就是说，为了探讨现在，我们必须去探究历史。

本雅明对现在的关注，同样也将历史召回。但是，他召回历史的方式同福柯不一样。对本雅明来说，关注现在，就是为了打破进步主义的历史观。但是，进步主义遵从什么样的历史观？“人类历史的进步概念无法与一种雷同的、空泛的时间中的进步概念分开。对后一种进步概念的批判必须成为对进步本身的批判的基础。”[2]因此，真正要批判的对象是“雷同的、空泛的时间”。本雅明将之称为“一串念珠式”的时间。这种时间是线性的，它前后贯穿在一起，从而成为一个历史的连续统一体。也正是在这个意义上，现在就是一个历史线索中的过渡点，它和历史展开的是一种前后相续的线索关系。而本雅明强调的是一个结构性的时间和历史概念，即现在和过去并非一种时间上的串联关系，而是一种空间上的并置关系，进而形成一个结构化的历史星座，“这个星座是他自己的时代与一个确定的过去时代一道形成的。这样，他就建立了一个‘当下’的现在概念”[3]。现在和过去并置在一起,使得当下和此刻充满饱和的非空泛状态，这也是一种非同质化状态。历史不是现在的过去，而就置身于现在之内。反过来也是如此:“古罗马是一个被现在的时间所充满的过去。它唤回罗马的方式就像唤回旧日的时尚。”现在与其说是未来的一个过渡，毋宁说是向过去的

[1] 汪民安编:《福柯读本》，第285页。
[2] [德]本雅明:《启迪》，第273页。
[3] [德]本雅明:《启迪》，第276页。

回眺。“现在”“希望保持住一种过去的意象”[1],“现在”希望去捕获记忆。“现在”就因为过去的涌来而就此自我滞留。“这并不是过去阐明了现在或现在阐明了过去，而是，意象是这样一种东西：在意象中，曾经（das Gewesene）与当下（das Jetzt）在一闪现中聚合成了一个星丛表征。”[2]

这是本雅明在《历史哲学论纲》中的一个核心观点。但是，这个观点是从哪里来的？据阿甘本的考察，圣保罗的文本隐藏在《论纲》中。《论纲》的时间观念深受保罗的影响。保罗怎样谈论时间？根据阿甘本的看法，保罗用了两个概念来谈论弥赛亚时间：一个是预兆，一个是统摄。所谓预兆，指的是“在过去时间内的每个事件与‘今时’即弥赛亚时间之间建立了一种关系”[3]。这即是预示论关系。而在弥赛亚事件中，“过去错位到现在，现在延伸到过去”。这是一个充满张力的时间重叠地带。而所谓统摄，即“一种将天地间一切事物——从创世之初散发到弥赛亚之‘今时’的全部事物，意味着过去是一个整体——都囊括在一起的东西。弥赛亚时间是对过去的即时统摄”[4]。正是因为这种囊括过去一切的统摄，末世论才会显得饱和，才会有一种强烈的丰满的空间感。预兆和统摄也正是在这里建立起不可分的关系，它们都是将过去和今时联系在一起：过去是当下的预示，当下是过去的统摄。整个过去都包含在当下之中。在圣保罗看来，当下“还具备独特的能力：把过去的每一时刻与自身直接联系起来，让《圣经》记载的历史上的每一时刻或事件成为当下的某种预言或预示（保罗喜好的术语是 typos，即形象）——因此，亚当（人类因他而承担了死和罪）就是给人类带来救赎与生命的弥赛亚的‘范型’或形象”。这正是本雅明在两千年后所回应的，“现代作为弥赛亚时间的典范，以一种高度的省略包容了整个人类历史”[5]。就此，不同的时代之间有一种准统一性原则，有一个共同的格局，有一种空间的整体感。它们重叠交织在一起，打乱了历史的空疏的线性流向。时间因此而滞留。在此，未来就被剔除出了视野，因为“我们决定性的时刻，

[1] [德]本雅明：《启迪》，第 267 页。

[2] 见[德]本雅明：《〈拱廊计划〉之 N》，载汪民安编：《生产》第 1 辑，广西师范大学出版社，2004 年，第 315 页。

[3] [意]阿甘本：《剩余的时间》，吉林出版集团，2011 年，第 92 页。

[4] [意]阿甘本：《剩余的时间》，第 95 页。

[5] [德]本雅明：《启迪》，第 276 页。

必须偿还过去的债务”[1]。因此，真正的目标，不是未来而是起源。这种过去和当下的结合，或者说，这种囊括了过去和现在一切事物的统摄，就是本雅明所说的“意象”。

> 不仅将“过去”作为一个异质性要素唤醒并将它置于现在的时间结构中，而且，还要将历史每时每刻中被压抑的要素解救出来，从而使之获得另一种饱满的内容。线性主义之所以是同质性和空泛的，就是因为它掏空了许多内容，像丢弃垃圾一样不断地压抑和抹去了异质性要素。这些异质性要素通常是失败者、被蹂躏者、被压迫阶级。因为历史是由胜利者书写的，他们记载的是他们自身的辉煌历史，但所谓的文明丰碑不过是“野蛮暴力的实录”：既是对那些失败者历史的野蛮删除，也是对失败者受到压迫这一野蛮历史的删除。

但是，“任何发生过的事情都不应该视为历史的弃物”，这些被压抑的历史主体应该被拯救出来。新的历史写作必须是同胜利者的历史写作格格不入的。本雅明试图将这些异质性要素唤醒，让它填充时间的空洞，进而在另一个意义上让历史和现在充满丰富的内容。也就是说，现在的时刻打开了自己的门洞，不仅让历史、让过去的意象侧身进入，同样也让现在所发生但被排斥掉的异质性要素也密密麻麻地挤进来，让同时代那些被排斥被压制的异己者也挤进来。“现在”被这样的多重性所塞满从而成为一个充满张力和冲突的结构。就此，时间不意味着流动，而是意味着梗阻。这样一个如同星座般的时刻，既包含了过去的历史意象，也将此刻、将同时代所排斥掉的意象囊括其中。因此，它是一个多重的并置，时间得以被空间化地处置。它从历史和现在两个方面打破了时间的同质化和空泛感。这些异质性要素顽强地存在于历史的此时此刻，没有被这个此刻所勾除而是成为它的一部分。不仅如此，它同样顽强地不被这个此刻所同化和吞并，绝不成为此刻的同质化客体。也就是说，它既属于这个时代，是这个时代不可抹去的一部分，但又是这个时代的他者，和这个时代的主流刻意保持张力：它既属于这个时代，又不属于这个时代。它是时代的特别“剩余”

[1] [意]阿甘本：《剩余的时间》，第97页。

之物。这样，才可能“把一个特别的时代从同质的历史进程中剥离出来，把一种特别的生活从那个时代中剥离出来，把一篇特别的作品从一生的著述中剥离出来。这种方法的结果是，他一生的著述在那一篇作品中既被保存下来又被勾除掉了，而在那个时代中，整个历史流程既被保存下来又被勾除掉了”[1]。

3

到底谁是这样的人物：他既归属于一个时代，同时又是这个时代的异己者和陌生人？本雅明选择了游荡者作为这样一个时代的异己者。这些人无所事事，身份不明，迈着乌龟一样的步伐在大街上终日闲逛。他们现身于 19 世纪兴起的现代都城巴黎，但是，他们和整个现代的分工要求和市场法则相抗衡。正是因为他们的存在，在巴黎的街道上：

> 这里既有被人群推来搡去的行人，也有要求保留一臂间隔的空间、不愿放弃悠闲绅士生活的闲逛者。让多数人去关心他们的日常事物吧！悠闲的人能沉溺于那种闲逛者的漫游，只要他本身已经无所归依。他在彻底悠闲的环境中如同在城市的喧嚣躁动中一样无所归依。[2]

这些游荡者在人群之中，但又和人群保持间距。他和人群格格不入—— 一切都不是他的归属。如果说街道上的人大多有具体的关心和目标（未来），因此沿着一种线性（同质性和空泛的）的方式前行的话，那么这个游荡者行走在街道上，毫无目标，不知所终，不时转身，他沉迷于闲逛和观看。此刻因此无限期地滞留——它并不包孕着一个明确的未来。

这个游荡者显然是从波德莱尔那里获取的灵感意象。波德莱尔笔下的画家居伊（Constantin Guys，1802—1892）是这样一个闲逛者的形象：

> 如天空之于鸟，水之于鱼，人群是他的领域。他的激情和他的事业，就是和群众结为一体。对一个十足的漫游者、热情的观察者来说，生活在

[1] [德]本雅明：《启迪》，第 275 页。

[2] [德]本雅明：《巴黎，19 世纪的首都》，上海人民出版社，2006 年，第 205—206 页。

芸芸众生之中，生活在反复无常、变动不居、短暂和永恒之中，是一种巨大的快乐。离家外出，却总感到是在自己家里；看看世界，身居世界的中心，却又为世界所不知，这是这些独立、热情、不偏不倚的人的几桩小小的快乐，语言只能笨拙地确定其特点。观察者是一位处处得享微行之便的君王。[1]

画家也在到处行走，到处游逛，但是，他不是和群众保持距离，而是“和群众结为一体”。他是闲逛者，但他并不冷漠，而是充满激情，他不仅有“巨大的快乐”，也还有“小小的快乐”。

显然，波德莱尔的闲逛者和本雅明的闲逛者有所不同。尽管都是闲逛，但二者有一个重要的差异，即游逛者是否在保持“距离”地观看，或者说，是否格格不入地观看。都是现代生活的热衷观察者，本雅明的游逛者置身于街头，但他是街头的一个外人，他对街道人群态度冷漠，和他们背道而驰——他在细看他们的同时也和他们保持距离，发生抵触。而波德莱尔的游逛者充满激情，非常投入，兴趣盎然，他欣赏他们。本雅明借用了波德莱尔的这个游逛者形象，但是他又偏离了这个形象。本雅明为什么会采用这种保持距离的观看？这种偏离来自何处？这是布莱希特给他的启发。布莱希特这样谈到他的间离戏剧：

我试图在这篇短文里阐述德国剧院使用的一种使观众跟舞台上表现的事件保持距离的表演技术。这种“间离”技术的目的，是使观众对舞台事件采取一种寻根究底的态度。至于它所采用的手段则是艺术的——大家都知道，舞台与观众之间的联系通常是通过移情作用而产生的。在今天，墨守成规的演员总把心力集中在创造移情作用这一点上，以至人们可以说：“在他看来，这就是他的艺术的主要目标。”如上所述，与通过移情作用而产生的效果，正如水与火，是绝不相容的。“间离效果”的技术实际上是为了防止演员去创造移情作用——至少是防止演员去创造通常程度的移情作用。[2]

[1] [法] 波德莱尔：《波德莱尔美学文选》，第 481—482 页。
[2] [德] 布莱希特：《间离效果》，载《世界电影》，1979 年第 3 期。

布莱希特谈论的是表演技术；但是，表演的目的是为了观看，其最终目的是让观众不要“移情”地观看，不要全身心投入地观看。也就是说，让观众保持距离地观看。布莱希特的戏剧理想是，观众在看戏剧，但并不沉浸在戏剧之中进而被戏剧所吞没，相反，他们应该和戏剧和舞台保持距离，并时时意识到自己是在看戏。这是一个自觉的观众角色。事实上，也只有和舞台拉开距离，才能真正地对舞台洞若观火。本雅明的游荡者，就是波德莱尔的游荡者和布莱希特的观众的一种奇妙结合：一个不移情的游荡者，一个四处闲逛的观众。对本雅明来说，布莱希特的舞台换成了19世纪中期的波德莱尔的巴黎；波德莱尔街头的热情游荡者戴上了布莱希特式的冷静眼镜。这个独特的将街道当作自己居所的闲逛者，迈着闲散的步伐在街头四处打量，但又和这个高度发达的资本主义都城格格不入。他是19世纪中期现代性的产物，但又是这个现代性的对抗者。他生活在他的时代，一刻不停地观看他的时代，他如此地熟知他的时代，但是，他也是这个时代的陌生人。他和他的时代彼此陌生。

4

这样正在观看他的时代的游荡者是什么人呢？我们正是在这里切入当代（当代人）的概念。什么是当代？用阿甘本的话：

> 当代性就是指一种与自己时代的奇特关系，这种关系既依附于时代，同时又与它保持距离。更确切而言，这种与时代的关系是通过脱节或时代错误而依附于时代的那种关系。过于契合时代的人，在所有方面与时代完全联系在一起的人，并非当代人，之所以如此，确切的原因在于，他们无法审视它；他们不能死死地凝视它。[1]

在此，阿甘本表明了保持距离的重要性。只有保持距离，才能“死死地凝视它”；也只有保持距离，才不会被时代所吞没所席卷，才不会变成时尚人。对于阿甘本来说，真正的当代人，就是类似于本雅明的游荡者或者布莱希特的

[1] ［意］阿甘本：《什么是当代》，北京大学出版社即将出版。下述引文均出自此。

观众那样同观看对象发生断裂关系的人。用尼采的术语说，就是不合时宜的人。只有和自己的时代发生断裂或者脱节，才能“死死地凝视”自己的时代。这是布莱希特和本雅明的延伸：从布莱希特的格格不入地看戏到本雅明的格格不入地看城市，最后到阿甘本的格格不入地看时代。阿甘本将这样观看自己的时代、观看现在的人，称为当代人。

当代人必须死死地凝视他的时代，那么，他到底要在时代中看到什么？他是要像波德莱尔笔下的人那样紧紧地凝视如同充满电流的沸腾生活吗？“当代人是紧紧凝视自己时代的人，以便感知时代的黑暗而不是其光芒的人。对于那些经历过当代性的人来说，所有时代都是暗淡的。当代人就是那些知道如何观察这种暗淡的人，他能够用笔探究当下的晦暗，从而进行书写。”也就是说，当代人并非是被时代之光所蒙蔽的人，而是在时代之光中搜寻阴影的人。他和时代保持距离，就是为了观看时代的晦暗，是主动地观看这种晦暗。因为，“当代人”天生就是被这种晦暗所吸引的人。“他将这种黑暗视为与己相关之物，视为永远吸引自己的某种事物。与任何光相比，黑暗更是直接而异乎寻常地指向他的某种事物。当代人是那些双眸被源自他们生活时代的黑暗光束吸引的人。”

但是，到底什么是时代的晦暗？它是时代之光的对立面吗？对阿甘本来说，晦暗和光密切相关。晦暗并不意味着绝望的深渊。相反，晦暗也是一种光，它是试图抵达我们但从未抵达我们的光。所谓的黑暗，不过是光的未曾抵达的临近，是光的黑暗闪现，就像宇宙中有一些“最远的星系以巨大的速度远离我们，因此，它们发出的光也就永远无法抵达地球。我们感知到的天空的黑暗，就是这种尽管奔我们而来但无法抵达我们的光，因为发光的星系以超光速的速度远离我们而去”。因此，这些黑暗不过是我们看不到的光，无法抵达我们的光。光并非同黑暗一刀两断，而是被黑暗所包裹而难以挣脱它的晨曦。这是光和黑暗的辩证关系。就此，我们感知黑暗，在某种意义上，也是去感知光，感知无法进入到我们眼帘中的光。时代的晦暗深处，还是有光在临近，即便是遥遥无期的临近。感知和意识到这一点的人，或许就是当代人。做一个当代人，就是要调动自己的全部敏锐去感知，感知时代的黑暗，感知那些无法感知到的光，也就是说，感知那些注定要错过的光，感知注定要被黑暗所吞噬的光。在此，当代人，用本雅明的说法，正是因为绝望，才充满希望。在这个意义上，当代人就是脱节之人：与时代的脱节，与时代之光的脱节。他对时代的光芒不敏感，而对时代的痛苦、时代脊骨的断裂异常敏感。

这是当代人的特征。但是，还有另一种当代性。与时代保持距离，既指的是生活在这个时代但又和这个时代格格不入的状况；同时，它也可以指人们将自身的目光投向古代和过去。古代和当代有一种显而易见的距离，但是，“在最近和晚近时代中感知到古老的标志和印记的人，才可能是当代的”。阿甘本这是对保罗和本雅明时间概念的呼应：当代是对过去的统摄，过去总是潜入到当代中。就此，起源也总是活在当代中，并在当代成为强劲有力的要素，它们不屈不挠地存在于当代，就如同儿童特性总是在成年人内心中持久而顽固地活跃一样。与此相似的一个例子是，先锋派总是在原始艺术中寻找素材。一个当代人不仅要在空间上拉开他和自己的时代的距离，他还要在时间上不断地援引过去：“当代人不仅仅是指那些感知当下黑暗、领会那注定无法抵达之光的人，同时也是划分和植入时间、有能力改变时间并把它与其他时间联系起来的人。他能够以出乎意料的方式阅读历史，并且根据某种必要性来‘引证它’，这种必要性无论如何都不是来自他的意志，而是来自他不得不做出回应的某种紧迫性。”[1] 也就是说，做一个当代人，总是要在某一个迫切的关头，自觉不知觉地向过去回眺。

正是由此，保罗被阿甘本称为具有当代性的人。因为正是他特有的弥赛亚的时间观念，让现在将过去统摄起来，现在不断地引证过去，不断地追溯过去，以至于时间流逝的线性进程被终止，被打断，时间不得不停滞下来。时代也因此出现了一个断裂和凝固。也正是因为这个时间的断裂，我们才有机会凝视这个凝固的时代，凝视这个断裂地带涌现出来的晦暗。这就是阿甘本所说的当代性的意义。就此，保罗具有当代性，对阿甘本而言，就意味着保罗的时间概念具有当代性，保罗对历史和时间的思考具有当代性。或者说，我们必须领悟保罗和本雅明这样的历史概念和历史哲学，才可能成为当代人，才可能真正地思

[1] [意]阿甘本：《什么是当代》。

考什么是当代。

保罗确立了当代性的概念，但这并不意味着保罗本人就是我们的同代人。这也是阿甘本和巴迪欧的差异。在巴迪欧论保罗的书中，他明确地宣称，保罗是我们的同代人。对巴迪欧来说，保罗是当代的，并不是因为他对历史和时间概念的特殊思考，也不是因为他对当代性的思考，而是因为保罗为普遍主义奠定了基础，或者说，保罗提出了一种特殊的普遍主义，一种真理的普遍的独一性（universal singularity）。更具体地说，保罗有关耶稣复活的寓言展现了一种独特的思考，一种在今天仍旧具有紧迫性的思考——正是在这个意义上，巴迪欧称保罗是我们的同代人。

为什么保罗对今天而言具有紧迫性？“在普遍化流通的时刻，在瞬间文化交流的幻影中，禁止人流通的法律和规则正在到处繁殖。”法国尤其如此，右翼的勒庞党要求一种纯正的法国人身份，他们信奉一种封闭的同一性、一种纯粹的身份原则、一种拒绝普遍性的独一性原则。巴迪欧认为这种身份同一性原则和资本主义达成了密谋，因为资本出于自己的目的对主体和身份进行创造和发明，尔后对其进行空间分类和同质化，进行德勒兹意义上的再辖域化。结果就是，一种同质化原则和绝对的单一的身份原则建立起来。就法国而言，将外国人，将一切非法国人拒绝在法国大门之外就变得自然而然。但是，我们看看保罗是如何对此提出反驳的：“并不分犹太人，希利尼人，自主的，为奴的，或男或女。”“保罗将好消息（福音）从严格的封闭中拉将出来，从严格限制它的犹太人群落中拉将出来。”[1] 2000年前保罗的教诲对今天的排外主义和特殊主义仍旧是必要和迫切的回应——就此而言，保罗并没有远离我们。

就此，对阿甘本而言，保罗的当代性，意味着保罗提出了什么是当代性：一种特殊的时间观念，也即将现在和过去统摄在一起的时间观念。对于巴迪欧而言，保罗的当代性，是因为他所持的普遍主义原则在今天仍旧具有当代意义。而且，他开启的普遍独一性原则，对于巴迪欧而言，具有更加重要的启示意义。他不仅是我们的同代人，我们甚至要说，他更主要的是巴迪欧本人的同代人：

[1] [法]巴迪欧：《保罗：我们的同代人》，载汪民安编：《生产》第3辑，第303页。

正是从保罗这里开始，一种特殊的真理概念、一种普遍独一性的真理概念，播下了种子。而巴迪欧则将这粒种子培育成了一棵哲学大树：一种有关事件和真理的哲学大树。就此，巴迪欧，作为一个现在的时间，在向保罗——一个过去的时间——回眺。本雅明和阿甘本的破除空泛的线性时间原则，在巴迪欧这里得到了活生生的实践。[1]

（选自《情动、物质与当代性》，汪民安著，山东人民出版社，胡杨文化出品，2022年10月）

[1] 事实上，阿甘本和巴迪欧对圣保罗的解释有很大的差异。阿甘本对巴迪欧的解释很不以为然。巴迪欧将保罗解释为普遍主义的奠基人——这或许受到德勒兹的影响。德勒兹在《尼采与哲学》中将上帝复活解释为一个普遍性的上帝的复活：犹太人的上帝死了，复活的是针对着所有人的上帝。阿甘本在《剩余的时间》中对巴迪欧提出了反驳。他认为保罗没有这样一种超越性视角，"在犹太人或希腊人深处，没有普遍的人，没有基督徒，也没有原则和终点，留下的只有剩余，以及犹太人或希腊人与其自身一致的不可能性"。（见《剩余的时间》，第66页）对阿甘本来说，真正重要的不是普遍性，而是剩余。不过，普遍主义是巴迪欧的保罗解释中的一个观点。另外一个观点可能更加重要，即巴迪欧在这里论述了他的事件、真理和主体的概念。对巴迪欧来说，真理是被宣布真理的主体而确定存在的。也即说，真理是被宣称的，是对事件的一次宣称。但是，主体宣称事件时，必须对这事件和真理保有绝对的忠诚。主体正是因为忠诚于事件而成为主体。从这个角度而言，真理就不是一个澄明，而是一个过程。"真理完全是主观的（它属于一个宣言，证明与事件相关的一个信念）。"在巴迪欧看来，保罗在耶稣复活中的所作所为，恰好体现了这样一个观点：保罗宣布了事件（耶稣复活），并且对这个事件绝对忠诚。耶稣复活这个事件就此成为一个真理，而保罗因为对这个宣称的绝对忠诚而成为主体。就此而言，真理是独一无二的。没有什么东西能够概括它。这样，它就脱离了任何的语境。而一旦脱离了任何语境，它又是普遍有效的——因为它不受背景的限制。这就是巴迪欧所讲的真理的"普遍独一性"：耶稣复活是一个独一无二的真理，它摆脱了罗马背景，摆脱了犹太人背景，从而获得普遍性。

里尔克与史蒂文斯关于艺术的隐秘对话

/ 倪志娟

一

“里尔克的诗如一首古典的钢琴曲，一个现实的死亡故事融进一首诗，又在诗中融入一段音乐，消解了现实的残酷；史蒂文斯的诗如同一首现代爵士乐，有铿锵和变调，混合了痛苦、激情，是与现实冰冷的对峙。”请注意以上这两句话。这是诗人存世的态度之一、之二。要时刻记得，诗人是至尊的诗神身边最亲近的侍者。忠实的记录是第一责任。实际上，一个真的诗人每天都生活在物是人非中。在时区频繁更换、连太阳也无法把握的时刻，诗人不仅要真实地活着，还要诚实地活着。一个可能的选择是，“在信仰崩溃、宗教影响式微的背景下，尝试将诗歌当作一种新的替代”（一木）。

里尔克（Rainer Maria Rilke，1875—1926）和史蒂文斯（Wallace Stevens，1879—1955）几乎生于相同时代（里尔克只比史蒂文斯年长四岁），在欧美两个大陆遥遥相对，然而，两人的创作生涯相差甚远。1926 年，里尔克即完成他作为一个伟大诗人的使命去世了；史蒂文斯则刚刚启程，在 1923 年出版自己的第一本诗集《簧风琴》（*Harmonium*），开始以阳刚诗人的形象立于美国诗坛。此外，他们的文化背景和诗歌范畴迥异。里尔克常被称为最后一个浪漫主义诗人，处在欧洲黄金时代渐渐远逝、社会动荡日益加剧的时期，他的诗回响着德国古典主义哲学的余韵；史蒂文斯是美国现代派诗歌的代表人物之一，处于美国商业文化蒸蒸日上的扩张时期，他的诗带有实用主义哲学的基调。在创作中，里尔克的关键词是“炼金术”，坚持将个人生活融入诗歌创作活动，如同炼金术士一样致力于将自己锻造为一个纯粹的诗人，带着“道成肉身”的专注，连他的死亡都浸透了诗意——他死于玫瑰之刺引发的败血症；史蒂文斯的关键词是“抗辩”，坚持将生活与诗歌分为截然相对的两部分，在世俗意义上的成功者与诗人这两个身份之间划出了清晰的界限，诗歌对具体的物或意象进行抽象、变形，如同对现实施加“精神暴力”。

所有这些差异，并不影响两位诗人的作品构成隐秘的对话。艺术（诗歌）与现实的关系，是他们不约而同长期追溯的问题，他们在各自的诗歌中表达了对这一问题的思考。我们可以从他们各自的一首诗开始切入这一对话。

《最后的黄昏》（“Latzer Abend”）是20世纪初里尔克写于巴黎的一首诗，为了歌咏封·诺德克·楚·拉贝瑙男爵夫人和她死去的第一任丈夫。这首诗有一种电影的即视感，几个分镜头讲述了一个哀伤的故事：

接着是夜晚及远方的列车；
承载着军队从公园旁掠过。
他仍在大键琴上弹奏
并抬起目光，望向她。

就好像一个人望进镜中：
如此透彻，她的容颜注满
他年轻的形象，他知晓其承载的苦痛，
音符一声比一声美且更具诱惑。

蓦然，这个形象破碎。
她站在凹窗间，似在挣扎，
感受到心灵的巨震。

他的弹奏涣散了。窗外吹来清新的风。
怪异又陌生，镜台上
立着黑色军帽和白色头骨。

在这首诗中，没有诗人的视角，诗人像导演隐身在镜头后，当我们阅读这首诗，我们即和导演站在了同一个地点，透过镜头观望，行驶的列车与背景音乐同步，现实与回忆、想象的场景交织，最后，是死亡的陈列，镜头戛然而止。整首诗作为一个自足的虚构客体，仿佛与它的创作者切断了关系——不是真的毫无关系，而是诗人消融在作为艺术品的诗中，使这首诗得以像罗丹（Auguste Rodin）的一尊雕像，独立于空间。

时间序列在这首诗中是显性的，诗中的（爱情）故事在时间中展开，包含了过去、现在和未来三个维度。故事始于恋人间的分别，在愈行愈远的列车上，他们心意粘连。第一节和第二节诗对应的时间，是此刻，也是回忆，是男人在列车上向他深爱的女人倾诉、告别，并流连于往昔两人通过琴声达成的情感交融。他似乎想用琴声蛊惑恋人，继续意念中的交融，以阻止离别。然后是第三节，别离后的未来某一刻，情感的纽带断裂，两人之间的心灵感应终止，男人的音讯消失，女人蓦然回神，独自面对现实的空茫和苦痛。唯美的纱幔在最后一节彻底消失，残酷的死亡坚硬突兀，不可逾越。

音乐作为流动元素，在诗中串联起不同的场景。音乐是这首诗真正的讲述者，我们可以把整首诗理解为一首乐曲，诗中弹琴的男人，既是故事的主角，也可能是一个不相干的艺术家，他用音符表达情意，也用音符为我们再现一个故事，一个死于战场的钢琴家的爱情故事。

镜像的设置强化了这首诗的客观性。第一节的镜像是隐形的，一个奔赴远方的人看着行驶的列车车窗，车窗构成了一面镜子，闪现诸多重叠的影像，这种影像渐变成他的心像。第二节、第三节和第四节诗直接设置了一面镜子。男人在演奏中看向女人，犹如一个人凝视镜中，他自己的形象与女人的形象重叠、同一，彼此心心相印，这是在想象中身心交融的出神时刻。第三节，站在凹窗前的女人从出神中惊醒，两人的神交中断。凹窗这一设置，深化了两人在第二节想象之镜中的交融，它表明这种交融并非男人单方面的体验，而是彼此之间的呼应与回望。第四节，死亡直接呈现在梳妆台上，清新的风从窗外吹进来，吹散回忆的轻纱，镜子照见现实。

死亡构成了这个爱情故事的结局，但并未构成这首诗的结局。我们可以将开头看成故事真实的起点，也可以将它看成是恋人去世后女主角的追忆。如果是后者，那么诗歌结尾的死亡就与开头的追忆相连，这首诗变得无始无终，如同自动循环播放的歌曲。站在凹窗前的女人，每一次的思念出神都在重启这个故事，想象他的恋人坐在列车上远去时的种种心意。凹窗是德国建筑常见的梯形三面窗，让人想起相框、壁龛或神龛，女人站在其中，既在思念，也在被思念，被镶嵌，被供奉。每一次的回忆终止于一种挣扎：灵魂归位，自我意识觉悟，她回到冰冷的现实。

史蒂文斯的《莫扎特，1935》（"Mozart，1935"）一诗也关涉战争与音乐主题，从形式上看，这首诗和里尔克的《最后的黄昏》有不同的质地。里尔克的诗如一首古典的钢琴曲，溶解了一个现实的死亡故事；史蒂文斯的诗如同一首现代爵士乐，有铿锵和变调，混合了痛苦、激情，是与现实冰冷的对峙。

诗人，请坐在钢琴前。
弹奏此刻，它的嚯－嚯－嚯，
它的嘘－嘘－嘘，它的瑞克－啊－尼克，
它嫉妒的哄笑。

假如他们向屋顶扔石头，
在你弹奏琶音时，
那是因为他们正在搬
一具衣衫褴褛的尸体下楼梯。
请坐在钢琴前。

过去清澈的纪念品，
嬉游曲；
未来轻盈的梦，
明朗的协奏曲……
雪正在飘落。
击打尖锐的弦。

是声音，
不是你。是的，是

愤怒恐惧的声音，
这纷扰的痛苦之声。

是冬天的声音，
仿佛飓风的呼号，
借助它，悲伤被释放，
被遣散，被赦免，
在星空般的抚慰下。

我们可以回到莫扎特。
他还年轻，而我们，我们已衰老。
雪正在飘落，
街道充斥哭声。
请就座，你。

这首诗的发表时间早于史蒂文斯另一首关于音乐与现实主题的长诗《弹蓝色吉他的人》（“The Man With the Blue Guitar”），可谓这首长诗的前奏。史蒂文斯把莫扎特这个天才的古典音乐家与一个残酷的年份并置。在诗的第一节，我们听到了与《弹蓝色吉他的人》中相似的对音乐家的蛮横要求：“但你必须弹奏，／一支超越我们却又是我们自身的曲子，／一支蓝色吉他上的曲子，／让事物如其所是。”在《莫扎特，1935》这首诗中，这一要求并未明言，但一组拟声词传达了这层意思。这组拟声词，“它的嚯—嚯—嚯，／它的嘘—嘘—嘘，它的瑞克—啊—尼克”，是法语词的变形。按评论家斯蒂芬·奥朗德（Stefan Holander）的分析，法语在20世纪初被视为一种文化精英主义和艺术逃避主义的标志，史蒂文斯在这里将其变形为一种异质性的声音，代表了大众（现实）对莫扎特（艺术家）的敌意。

第二节和第三节，是音乐与现实不兼容的细节。属于1935年的现实是落在屋顶的“石头”（炸弹），被运下楼梯的尸体，飘落的雪击打尖锐的弦。属于莫扎特的则是“过去清澈的纪念品”，是“嬉游曲”，是“未来轻盈的梦”和“明朗的协奏曲”……

第四节和第五节呈现了在现实压力面前，音乐的失控和变调，它脱离了音乐家的掌控，甚至脱离了音乐应有的形式约束，抛开了和谐原则，变成凄厉之声，如飓风的呼号，表达了具体而真切的痛苦。

最后一节所谓回到莫扎特，强调的不是音乐家的胜利，而是一种永恒的对峙：诗（艺术）和现实的对抗。一个本质上贫乏、粗俗的时代会过时、衰老，但它也会不断自我更新，永远构成音乐家无法回避的当下。“雪正在飘落，/街道充斥哭声”的 1935 年现实即是如此，它存在，并且渴望被表达；但莫扎特及其代表的优雅音乐无法屈服于这样的现实，无法如其所是地“弹奏”现实，它保持着一种超然，即便与现实不兼容，也不因此而否定自己的意义。最后一句“请就座”不像是命令，更像是认可，暗示了音乐（家）存在的合理性。

二

在里尔克的诗中，音乐与现实没有对峙，只有消融。通过将一个故事、一个人真实的死亡纳入一首乐曲，音乐获得了自己的实质，死亡得以铭记。死亡谱成的乐曲在肉体消亡后承载着记忆，负责向后人讲述这种记忆，这在一定程度上缓解了死亡带来的直接疼痛感。现实不断溶解于音乐的过程，构成一个转动的漩涡，类似于我们看见的水中漩涡或者风中树叶形成的漩涡。

《最后的黄昏》中爱情、死亡与音乐的关联，很容易让我们联想到一个神话原型，即俄耳甫斯的故事。音乐所携带的蛊惑意味以及女人的蓦然醒悟，可以对应俄耳甫斯和妻子欧律狄刻的冥府之旅。不过里尔克对这个故事做了变形处理，他将俄耳甫斯与妻子的处境互调，俄耳甫斯变成了一个死去的音乐家，他的妻子却依然活着。诗中男子的演奏如同冥府中俄耳甫斯的呼告，试图用他的音乐蛊惑他尚在人间的妻子，重新串联起一段亲密的爱；不过故事的结局是相同的，俄耳甫斯失败了。

诗歌开启的旅程，如同跨越冥府之旅，生死犹如镜里镜外，男人（俄耳甫斯）对自己的妻子施展了音乐（艺术）的魔力——即蛊惑、吸引、令听者出神忘我的力量。他在弹奏中看向女人，几乎让自己的形象灌注于女人身上，与她合一，试图让她越过生死的边界回到自己的身边。第三节，音乐的魔咒忽然失效，女人觉醒、回神，俄耳甫斯消隐于黑暗——死亡的沉默境地。

诗中的男人与神话中的俄耳甫斯皆未实现自己的初衷，他们是沦陷于个人苦痛和爱情的两个音乐家形象，他们需要奏出最纯粹的音乐才能达成自己的目的，然而过于急切的欲望却干扰了音乐的纯粹。德里达对欲望有过深刻的论述，他说，欲望并不追求在同一之整体性与一致性中自我完成、自我满足、自我满意作为意义和目标。欲望“受到他者那种绝对不可还原的外在性的召唤，而且它还必须无限度地与这个他者保持不切合性。欲望只与过度相等。任何整体都永远无法在它上面合上口。因此，欲望的形而上学就是无限的隔离之形而上学……欲望既是开放又是自由。被欲求的无限可以支配欲望，但却永不能以其显现而满足欲望”。作为偶然个体的欲望与作为音乐家必须具备的超然性——即祛欲望——之间存在悖论，里尔克在《致俄耳甫斯的十四行》(“Die Sonette an Orpheus”)之三中指出了这一点：“正如你教导他，歌唱不是欲望，/不是争取一件终于会得到的东西；/歌唱就是存在”。然而在俄耳甫斯和诗中男人的弹奏中，欲望造成了“隔离之形而上学”，个体的悲哀溢过边界，破坏了美的纯粹性，他们未能完成自我变形与抽象，未能成为一个“去感觉化”的叙述者。音乐之神闪现，又逃逸了。

最后是死亡成就了一种纯粹性。在俄耳甫斯神话中，俄耳甫斯的回头求证导致欧律狄刻的消失，他不得不面对永远的分离；在这首诗中，是男人的自我消弭、死亡，这一绝对处境交还了音乐的不及物性、纯粹性，使一首乐曲得以完成。这即是所谓“死亡的炼金术”。死亡成就了里尔克的教导：

> 青年人，它可不是你的爱情，即令
> 歌声从你的嘴里喷发出来，——学习
> 忘记你高唱过。它已流逝一空。
>
> 在真实中歌唱，是另一种气音。
> 一种有若无的气音。

死亡是一次清零，一段感情随情人的死去而消逝，如列车那样渐行渐远。死亡却使音乐的升华或者超越得以可能，它铭记了一段原本会消逝于时间的故事，现实的悲剧变成永恒的艺术。

在史蒂文斯的诗中，里尔克隐秘的神话主题没有出现，我们看到了一个冲突的现实场景：残破不堪的现实干扰艺术，并对艺术下命令，置身其中的艺术家无法突围。诗中的莫扎特，和里尔克诗中的男主人公一样，遭遇了普遍性的动荡现实和不可知的命运，然而，他拒绝将这种现实和命运升华为一种纯粹的音乐。他忍受错置而荒诞的命运，尽可能坚持艺术（音乐）的超然价值。或者说，史蒂文斯认为，哪怕莫扎特演奏出了纯粹的音乐，这种音乐也保持着与现实的对峙。史蒂文斯偏爱消融这个词（dissolve），他的诗中反复出现这个词，但这在他注定是一个无法实现的行动——就像这首诗中，一个孤绝的艺术家，与现实和自身的有限性对峙着。

在《高贵的骑手和词语的声音》（“The Noble Rider and the Sound of Words”）一文中，史蒂文斯说：“事实上，有一个与我们生活其中的世界——或者我应该说，与我们即将生活其中的世界——不可分割的诗歌世界，诗人是，或曾经是，或应该是一个强势人物，而促使他成为强势人物的是他创造了这样一个世界，我们不断地转向这个世界，虽然我们并不了解这个世界。他赋予生命最高虚构，没有这种虚构我们不能构想它。”诗歌作为虚构、抽象、变形的超验之物，通过隐喻和词语建立与现实的等式，如叶芝的长脚蚊滑过现实，却不可能将具体的苦难抽象成艺术的纯金以消解苦难。诗人创造的想象世界与现实世界是无法重合的两个世界，拥有并存的合理性。因而，莫扎特以及后来那位蓝色吉他手遭遇的现实的敌意有其合理性，而莫扎特和吉他手坚持自己的弹奏同样有其合理性。

里尔克的诗在绵延，每一个现在／瞬间都在消融，汇聚成一条时间之河、一种音乐，而音乐就是一种纯粹的享受、一种自由的游戏。他让主体消隐，或者说消解了主体的第一人称性，把一个生动的他／她变成艺术中流动的、普泛的主体。而史蒂文斯的诗不断定格瞬间／此刻，提醒读者去思考音乐家做出的努力以及与现实的对抗。音乐家及其行动“介入现在，不再像一个冲动，只俯向一个未来的瞬间”，诗句不断进行停顿和置放，抓住“无可回避之现在的瞬间”。史蒂文斯的诗创造了一个不可被归类的主体，他／她从混沌磅礴的现实中慢慢显现，作为一种突兀、一种瑕疵、一种不和谐，标志自己的独立和意义，并且承担随之而来的行动。这种行动对应了列维纳斯（Emmanuel Levinas）的定义：“行动在本质上意味着一种奴役、一种束缚，但是，换言之，行动又意味着存在着的某人（quelqu'un qui est）、一个存在者（existant）第一次显示其存在，甚至意味着这个存在者的构成。”这个人以其自身的构成作为对现在的承担。

史蒂文斯的《簧风琴》中还有另外的诗也与里尔克的诗呼应，却同样展现了不可被消融的现实主体。他的《另一个流泪的女人》（“Another Weeping Woman”）一诗中，被“死亡穿透”的女人沦陷在悲痛中，在现实与想象的对峙中，如同一个黑色顽固的符号；《冰淇淋皇后》（“The Emperor of Ice-Cream”）一诗中那具女人的尸体也无法像冰淇淋那般融化，不会有里尔克似的炼金术将她坚硬的死亡淬炼成艺术的纯金。

三

里尔克和史蒂文斯一样，都可算无神论者，他们在信仰崩溃、宗教影响式微的背景下，尝试将诗歌当作一种新的替代。

里尔克可谓20世纪最后一位通灵诗人，他想达成与神的对话。只是他对话的神，不是基督教意义上的神，而是一种广大无限的精神力量。艺术家在某种意义上就是神，正如在这首诗中，艺术家可以将一种现实的死亡变成铭记，一首乐曲即是一种更高级的现实——音乐（艺术）的现实，弥补了现实的残缺，音乐由此成为现实的救赎。

在里尔克之后，神性的通道彻底坍塌，战争与现代文明的进程将人类社会带入一种祛魅的存在状态，世俗性渗透到生活和心灵的每个角落，书写这种世俗性，并试图在世俗中建构意义的诗人，如弗罗斯特、威廉斯以及后来的拉金等人，代表了时代的新方向。史蒂文斯并不完全认同这一方向，他依旧在做一种类似于里尔克的抗争，比如他曾努力激活浪漫这个概念。在一定程度上史蒂文斯继续了里尔克的诗学主旨，努力把诗歌提升至信仰的高度，坚持诗歌的想象作为最高虚构可以代替神。他用了许多词描述诗歌，比如信仰、高贵、新浪漫、想象、最高虚构等等，然而，实用主义哲学的深刻影响使他无法像里尔克那样，一意孤行，通过自我抽象、自我淬炼以成就艺术的纯粹。他是犹疑、摇摆的，无法赋予诗歌一个确切的定义。

史蒂文斯理解诗歌在一个破碎时代的失败，想通过避免下定义让诗歌逃逸在现实的追捕之外。现实是不确定、冲突，甚至混乱，诗歌对它的回应亦是流动的。这也是为什么希利斯·米勒（Hillis Miller）、文德勒（Hellen Vendler）等人反对用一种完整的哲学方法去研究史蒂文斯。米勒说："不可能在史蒂文斯那里发现一种单一的系统化的诗歌和生活理论。"他在众神消失后的贫瘠大地上开始创作，人的自我意识与神的消亡同步。神死了，"我"也如此，但"我"是虚无，虚无是一种毁灭的力量，它摧毁一切古老和谐的复兴。他缺乏里尔克所拥有的内在充盈和稳定的自我信念。

《最后的黄昏》这首诗收录在《新诗集》（*Neue Gedichte*）中，透露了里尔克的一些诗艺。创作这首诗时，他已经受到罗丹、塞尚（Cezanne）等视觉艺术家的影响。和罗丹一样，里尔克渴望创造"拥有其自身生命"的艺术，这种艺术可以取代现实。他在随笔中这样自述："我属于被尼采称之为'历史的人'的那种人。因为现世令我发抖，于是我将目光回溯到温暖的过去。"为此，他甘愿做一个漫游者，以实现他对艺术的期待："只有当个人未必要被教育成艺术家，而是艺术以其所有手段对个人施加教育性影响的时候，当艺术最初就未被当作与生活区别开来的陌生玩意，而被视作生活的自然扩展与运用的时候，上述这一切才能得以实现。"

将个体的存在（喜怒哀乐）提升为一种客观、普遍的美，是里尔克追求的一个方向。他从未试图将自己的诗歌（艺术）创作与日常生活分开，但不是让前者妥协于后者，而是让后者屈从、消融于前者，甚至要把自己的身心作为一种元素，加入诗艺的锻炉，达成一种超越和升华。他在信中说："……我们是尘世上的这些变形者，我们完全的存在，我们在爱情上的飞跃和沉沦，全都使我们胜任这项任务。"在和克拉拉（Clara Westhoff）的婚姻中，里尔克也在践行这一点，他在献给克拉拉的《安魂曲》中倾诉："生活和伟大的作品之间／总存在某种古老的敌意……"因为既不能也不愿承受家庭的重负，他便想方设法在家庭关系中为自己划出一个合法、自由的空间。在写给妻弟的信中，他说："克拉拉和我，亲爱的弗里德里希，达成了共识，即一切共同体只能在对两个毗邻的孤独的强化中形成。而通常被称为奉献的，就其本质来说是于这个共同体有害的。因为一个人一旦离开了自己，便什么都不是了；而一旦两个人都放弃了自己以便走向对方，他们的脚下就失去了立足点，他们共同的存在就是一种不断的坠落。"

保持孤独，坚持自我，是成为一个艺术家的前提。他把和克拉拉的爱情与婚姻归于对孤独的认领和体验，似在说服世人，更是想说服自己，让他拙于面对世俗生活的人生可以朝向一个伟大的目标，归于艺术，然后变得轻盈而值得。他不断让自己向一种艺术家的纯粹靠近，这意味着接近无限，最终的升华则来自死亡——个体生命的自然限度。

将艺术与生活等同，里尔克的所作所为给身边的人带来了一种美的残忍，在艾略特等人倡导的“非个性化”主张中我们可以看到同样的残忍。史蒂文斯拒绝这种残忍，他选择的方式是在两个领域来去自如，彼此屏蔽，然后在诗歌中举重若轻地并置两者。

从青年时期开始，史蒂文斯的父亲就对他进行了洗脑似的灌输：作为一个男人，首先要获得立足于世的经济成就。这种灌输在史蒂文斯身上产生的结果是双重人格的生活状态，保险公司副总裁的职位和诗人身份缺一不可。他在给友人的信中说：“在这个世界上有一份工作对我来说是万幸之一。”工作可以为一个人的生活带来约束和规律，也能让一个人摆脱对金钱的担忧，获得自由。史蒂文斯深知谋生并非那么美好，它无法让人亲近伟大的事物。可是，度过了在两个截然相反的领域频繁转换身份的一生之后，史蒂文斯依然认为，职业化的写作（诗）或者教授写作，是令人厌倦的；右手不知道左手的工作，反而更好，假如两只手亲近，那么写诗的手或许会被签收支票的手玷污。

史蒂文斯将生活与创作分离，对待生活他有一个中心命题即防御现实。“悲剧感笼罩着世界，诗人所拥有的，不是一种解决办法而是对它的防御。”诗歌是对现实的防御，或者说，诗歌与现实是对峙的两端。我们在他的许多诗中可以读到这种对立。比如他的《尘世轶事》（“Earthy Anecdote”）《雪人》（“The Snow Man”）《弹蓝色吉他的人》《垃圾场上的人》（“The Man on the Dump”）等，而《莫扎特，1935》一诗最直接呈现了这种对立。在这首诗中，史蒂文斯处理的是一个在他看来无法回避的问题：“在一个混乱的或者说任何社会中诗人的身份问题。”

史蒂文斯比较含蓄地表达了这一观点：艺术的“自治权”要以物质和经济安全为前提。在《类比的效果》（“Effects of Analogy”）一文中，他这样为诗人辩护：“假如一个人居住在象牙塔中仅仅为了他自己而写作，象牙塔是令人讨厌的。假如他运用象牙塔只是因为他不专注就无法做任何事，那么象牙塔就不是讨厌的事物，就像任何人一样，他能最有效地努力得到他的主题，哪怕他的主题碰巧只是共性和其他人，而不包含其他事物。”史蒂文斯强调诗人的某种超然地位，他被允许待在象牙塔中，以确保艺术的专注和自治权。

四

里尔克和史蒂文斯都不是“沉溺于表现”、将诗歌与自我意志混淆的人。

里尔克的艺术（音乐）观，包含了和海德格尔相似的思考：“向死而生”。1925年里尔克在写给他的波兰译者的信中说，“死是生背向我们、为我们所照不到的那一面……真正的生活形态是延伸到‘生与死’这两界中的，血液在其最大的循环中将两者都驱动着：既没有此岸也没有彼岸，而是有一个大一体。”《杜伊诺哀歌》的译者刘皓明对此的评价是，“里尔克在哀歌中所表达的生死观是这样的：死亡不是存在的彻底终结，死和生是一个统一体的两个方面”，这个统一体是艺术。我们在里尔克大量的诗歌中可以看到类似于《最后的黄昏》这首诗中的“死亡的炼金术”，或者《西班牙女舞蹈家》一诗暗示的自我抽离、物质性的消融，艺术（舞蹈）如何熄灭物质之火。

里尔克是一个愿意被对象攫取的人。在《预感》（“Vorgefühl”）一诗中，他与旗帜合二为一；在《散步》（“Spanziergang”）一诗中，他期待外物（艺术）对肉身的改变：“我的目光已越过阳光照耀的山丘，／越过我几乎未开始走的道路，／于是我们无法抓住的东西，从远方／纷纷地触及我们——”在随笔《体验》（“Erlebnis”）中他写道：“他闭上眼睛，只为在这样丰盈的体验中不被他身体的轮廓所干扰，无限从四周如此亲密地进入他，他甚至可以相信自己感觉到了进入的星星轻轻地落在他的心中。”这是打破身体的边界，与万物融为一体的存在状态。

里尔克强调一个诗人内在的“绝境”，这是诗人只能以自身去体验，去对抗的，在这种绝境进入艺术品之前，我们也许只能对之保持沉默，这个绝境即是我们自身之中的独特性，“我们通过各自的劳作来展现彼此”。他对梵高的描述也适合他自己：“他对所有一切的爱指向无名，由此，这爱便被他自己隐匿了。他不展示它，他拥有它。他将它从自己身内取出，迅速置入自己的作品，置入作品最最内在的、永不停息的那一部分……”

艺术意味着自我的消失和归附，这是类似死亡的境界，在《致俄耳甫斯的十四行》之五，他描述了这种境界：

哦他必须怎样消失才使你领略！
即使他本人也担忧他活不长久。
由于他的语句已把当今超越，

你还没有前往的地方他已身临。
竖琴的弦格并未绊住他的手。
他一面逾越一面顺应。

正因如此，作品自身才是有生命的，一旦被创作出来，便会自行生长，“它并不表达一个事件，它本身即是这个事件”。就像罗丹的雕塑，“已经生长有年，而且还一天天长大起来，像一座森林一般，片刻也不停息”。

如果说里尔克是一个让自我现实消失的人，那么史蒂文斯就是一个对抗自我现实的人。作为一个被实用主义哲学熏陶成长起来的诗人，史蒂文斯向往里尔克那种消融的存在方式。可他始终是站在岸上的人，是一个旁观者，偶尔才是一个承担者和体验者。作为诗人的史蒂文斯在自己的办公桌、八小时工作日之外存在，他的最高虚构也在现实之外。

史蒂文斯推崇间接的自我中心主义，他作为诗人的气质，接近于雪莱对诗人的描述，诗人是“那种帝王似的人物，其王冠被不可见的人性遮蔽着”。诗人必须从与他相关的一切事物中清除僧侣体，必须从现实事物中创造他的不现实。

这一观点带有明显的逃避主义色彩，史蒂文斯本人并不否认自己对现实的逃避心理。诗歌的过程在心理学上就是一个逃避现实的过程。文德勒倾向于将他的这种逃避心理理解为对纯粹诗学的积极找寻，因为史蒂文斯强调自己诗歌中的逃避并非贬义；在史蒂文斯看来，贬义上的逃避主义是指想象不紧附于现实之处。1940 年在写给西蒙斯（Hi Simons）的信中，史蒂文斯强调想象（诗歌）与现实的密不可分：“除了现实，想象没有其他来源，脱离了现实它不再有任何价值……没有事物存在于想象之外，或者，不会以某些形式存在于现实之中。因此，现实等于想象，想象等于现实。”在想象与现实的关系中，他注重的是创作过程中两者的互动，假如想象不附着于真实，它必然会丧失活力。这与诗歌即对现实的防御和超越并不矛盾。

史蒂文斯不仅有逃避的冲动，他对待想象的态度也是摇摆的，他始终处于焦虑之中，在现实和精神的两端都难以找到一个固定的支撑点。有时他信任想象，认为诗性的想象能够澄清混乱的现实世界秩序。评论家舒尔茨（Robin G. Schulze）指出，在史蒂文斯较为平静的时刻，他为他的读者提供了美而高贵的图景，平复了"混乱的折磨"。但有时他又怀疑想象的建构能力，哪怕在他的秩序之诗中他也意识到想象接近现实物性的无能为力，既使想象的诱惑在于变形世界，创造一个与现实分离的世界。

然而，史蒂文斯终究是一个强者诗人，在《高贵的骑手和词语的声音》中，史蒂文斯写道："说起现实的压力，我在思考，处于暴力之中的生命，不是对我们生活在美国的人，而是对我们成千上万的朋友，对我们成千上万的敌人所实施的身体暴力，以及对每个活着的人实施的精神暴力。"史蒂文斯肯定诗歌创作的意义："诗歌作为一种内在的暴力，可以抵抗现实外在的暴力。"假如我们希望成长，我们必须"通过风暴"接受事物，精神必须对自己施暴，必须颠覆它习惯性由此思考的操作方向。哪怕诗歌永远只能作为现实的对立面，它依然有存在的价值。

里尔克的自信和坚定在于他让自己归附于一个深厚的传统。他是镶嵌在欧洲古老文化中的一个人，有一种沉陷的冲动，一种回忆或梦幻的气质，比如他向往在一个古董商店的橱窗后，与一只狗一起坐上二十年。他说："在你身后，总有一种宽广的旋律，它由千百种声音交织而成，而你的独奏在其中只是偶尔占一席之地。要明白自己何时插入演奏，这是你的寂寞的秘密。"对于每一个体，"若想洞悉生命，我们必须思考两件事：一是由物与芬芳、情感与过往、暮色与渴望共同合成的伟大的旋律；二是补充和完善这大合唱的单个的声音"。为了创建一个艺术作品，这两种声音就必须处于恰当的比例，达到平衡。

里尔克诗中的主体／发言者，既是一个专注的听者，又带有"行将离去者的姿态"（《杜伊诺哀歌》之八）：

> 但是你听那吹来的，
> 那不间断的、自寂静生成的消息。

此时从那些年轻的死者正向你传来悉瑟之声。

离去，意味着单个的声音汇入大合唱，“一种直觉体验及其在时间中的短暂性在空间的隐喻性变形中延伸”。艺术的境界如同死亡境界，是物我合一，生死一体，里尔克因此无视读者，他说：“读者的漠然为我们保持住了诗歌中纯艺术的意义，这在其他艺术领域已变得那样模糊可疑。”

史蒂文斯不曾抵达这种超然，他纠结于艺术家的自在和大众的期待。作为诗人的他和艺术之间横亘着现实，现实提供了艺术的原料，但也提供了一条不可逾越的鸿沟。他诗歌中的现实，如列维纳斯所描述的存在：“拖着一副重担——哪怕只是拖着它自己——这让它的存在之旅更加艰难。它负载着自身的重量……”现实是无法超越的，又是必须被关照的；艺术可以是逃避，是替代信仰的最高虚构，但艺术无法取代现实，无法和现实交融；艺术为无望的人生提供一种愉悦，但它不是归宿之地。

一直到晚年，史蒂文斯的对抗和纠结，才转变成里尔克式的对交融的身体力行，在他最后一本诗集《岩石》中，对死亡的关注越来越多，早年雄强和激昂的声音转弱，对抗的意志消解，对某个归宿之地的愿望如此明显。

（选自微信公众号“诗和戒律”，2022年12月8日）

于是我开始给你写信

——关于书信与诗歌的断想

/ 任白

一

大概是在 1986 年的暑假，我被一个小说人物迷住了——摩西·赫索格，美国作家索尔·贝娄同名小说的主人公。开始我以为原因在于他是一位大学教授，而我当时从本科到毕业任教，已经在一所大学待到了第七个年头，自然会对大学里的人物怀有莫名亲近感。但读完整部小说，掩卷沉吟，我知道没那么简单，是一种更为深刻的悲剧，和在这种悲剧中主人公所采取的一种看似荒诞但却意味深长的应对策略触动了我。面对个人困境，应对之道因人而异，抗争、酗酒、自闭……不一而足。但是赫索格的方式不同凡响，他写信。在小说的第一页，作者写道："他整天给天底下的每个人写信，已经入了迷。这种信他越写越来劲，因此自六月底以来，他无论跑到哪里，随身必定带着一只装满信件的手提旅行箱。他带着这只箱子，从纽约到玛莎葡萄园，但立刻又转了回来；两天后，他飞往芝加哥，接着又从芝加哥前往马萨诸塞州西部的一个乡村。然后就躲在那里发狂似的没完没了地写起信来，写给报章杂志，写给知名人士，写给亲戚朋友，最后居然给已经去世的人写起来……"

给报章杂志和知名人士写信，所谈内容必然关涉公共议题；给已经去世的人写信多半谈及历史嬗变；而给亲戚朋友写信表明，这位大学教授并没有仅仅沉浸在虚妄和荒诞的纸面游戏中，他有很多真切的情感要表达，有无数无解的烦恼要诉说——这难道不是一个卑微而又怀有某些高尚情感之人所能展示的真诚人生吗？当然，这也是话痨，但又是非同凡响的话痨。

我武断地认为，赫索格之荒诞是对另一种更大的荒诞的无用但却珍贵的反抗。已然登场的消费主义切断了以往的价值链条，它在人的全部感官里生根发芽，成为绞杀人之身心原生态的侵略物种。这是自工业革命以来的又一次人的突变，那些还怀有某些古典执念的人发现，同自己进行的艰苦斗争成了有史以来最无胜算的战斗。所以他给美国总统写信，强调“人的生命不是生意”。他在各种信件中涉及的话题如此驳杂：新法案、国际政治、生态污染、工业自动化和就业、知识分子的社会角色、科学伦理和心理危机……毫无疑问，他仍然对人类理性怀有信心，可能还幻想知识分子可以向着“哲人王”的宝座艰苦跋涉。当然，所有这一切都是赫索格错乱与疯狂的症状而已。可以说，赫索格是二十世纪版本的堂·吉诃德。

德里达说：“正像理性守护着思想那样，某种疯狂最终也守护着思想。”

非得这样吗？

二

书信的历史必然与文字同步产生，记录与沟通，是文字的天赋使命。最初，书信一定简短，后来随着文字发明渐多，书信也就越写越长，越来越适合表达复杂的主题和情感，甚至内容的严肃郑重远远超出日常信息交流的范畴，而作为经典文献载入历史。我们熟悉的《报任安书》《与山巨源绝交书》和《与元九书》等，议事论文，修身明志，成了中国传统人文精神中重要的组成部分。这样的例子近代西方更多，卡夫卡的《致父亲》竟然写了三万多字！很多作家学者的书信在写作之时就不仅仅是通信者之间的私人交流，它们见诸报端，成为一种以公开信为名的公共表达。加缪在二战期间连续写作发表的四封《致一位德国友人的信》，以战争伦理为焦点，深入讨论了极端民族情感中可能蕴藏的巨大破坏力，对什么是符合正义的“英雄主义”进行了前所未有的辨析，试图剔除人类思想中危险的基因。从今天的现实而言，加缪的努力固然湮灭在仍然不断燃起的战火中，但失败是否能扑灭所有种子似乎还是可以画一个问号的。

事实证明，无数后世出版的书信集不但成了研究作者生平和思想脉络的重要文献，同时也是考察所处时代的最为真切丰富、肌理清晰的文本。因为书信往往以一个具体的人（或群体）为言说对象，所以会自然而然地创造出一个真切的沟通情境，书写者也必然会受此情境感召，论理常怀深情，言辞入脑入心，有一种混血式文体所独具的内容张力。考虑到在深邃情感的推动下，通信双方可以沿着一条更亲切更可靠的通道，无限接近对方的情感与思想秘境，我们完全可以相信书信有着一种密语般洞开心扉的魔力。

三

2007 年，英国作家奥兰多・费吉斯在查阅苏联时期档案时，偶然发现了一对苏联恋人（后来结为夫妻）在八年间的一千二百多封通信。他感到震惊，并决定要为此做点什么。这些信件是蒙冤被关进劳改营的列夫和爱人斯维塔之间的神奇纽带，他们彼此鼓励，互相打气，借此熬过黑暗岁月。用费吉斯书中的话说，它们不但是列夫和斯维塔爱情的桥梁纽带，还是“托命的船”——没有这些信，列夫不一定能熬到最终获得自由的时刻。

费吉斯以这一千二百多封信为线索，写成了一部热烈而又真挚的书，记录这份伟大的爱情和这个神奇的经历。读这本书，时时会被那些信件中散发出的热切所触动。特别是斯维塔的信，作为这份爱情中更为重要的支撑力量，她时时刻刻都在向列夫传递一种不容置疑的给予、托付和担当。每当列夫出于个人恶劣处境，情绪产生波动时，她都会立刻毫无保留地做出最明确笃定的回应：“我可没想让任何人去把你心中的我征服，上天都不会答应。我说的胜利指的是我们的胜利，不是别人战胜我们，而是我们战胜一切残忍的东西，推翻压在我们身上的重负。”在一次次这样的“能量输出”中，一种叫作“信”的东西被培植呵护，终于生根发芽，开花结果。这是“信任”的“信”，也是“信念”的“信”，是两个历史风暴中孤单无助的个体命运间彼此毫无保留的交融，也是对一个看似渺茫的愿景的毫不动摇的坚持。这当然是一个奇迹，是爱情的奇迹，也是人类通信史上的奇迹。这几乎是一个建造成功的小小的巴别塔，它穿越了苦难和隔绝，成为人类共筑命运共同体、分担全部苦乐的纪念碑。

四

但是书信被抛弃了。

开始还有电子邮件维持了一定的交流长度（长度就是深度和广度），然后即时通信工具来了，音视频等多媒体形式来了，表情包来了。在多波次的轮番冲击下，书信被团灭。

我有时禁不住想，便捷化生存真的是福音吗？如果快递扫荡了线下消费场景，我们不就被更牢固地囚禁（隔离）在一隅之地了吗？如果无数智能办公和家居设施彻底解放了我们的手脚，我们会退化成 ET 那样的全新生物吧？或者必须去健身房，花费时间金钱给自己披挂上一身僵硬的肉质机甲？这不是多此一举吗？我们甘愿退回到看图说话的历史阶段，任由自己的语言功能日渐衰竭，连同语言逻辑等认知功能一起退还给仓颉，满足通过各种表情包传递似是而非的情绪和态度？我们可以在十分钟内发送十几条语音信息，但它们之间没有严密的意义连接关系，不用考虑上下文逻辑次序，不用遣词造句，以一种粗糙的可以反复修改互证的原生语言状态完成沟通。精彩的意蕴深远的语句大概率不会再出现，更不会被记录。人类语言又回到了文字出现之前的初始状态，这会有什么后果？这一定有什么后果吧？！

更要命的是，沟通被切碎了。

中国人有时会感叹书法艺术难以重现历史辉煌，其中的一个重要原因是书法曾是古代文人的日常技艺，著书立说也好，应试科举也好，鸿雁传书也好，都要展卷挥毫。是这种日常状态既锻炼了他们的非凡技艺，又给了他们最为松弛的有利于发挥创造性的状态。我们熟悉的陆机的《平复帖》、褚遂良的《潭府帖》、米芾的《彦和帖》等一大批古人手札，都是他们在日常书信交流过程中留下的书法经典。而今天我们缺少了这种日常化状态作为背景，书法成了一种专门技艺，大幅缩减的研习人群和实践场景必然导致经典出现的概率大幅萎缩。

被切碎的日常沟通必然会导致一个更为严峻的后果：涣散的沟通导致涣散的关系。我们不再尝试深入理解对方的所思所想，不再尝试深入地传达自己的所思所想，我们不再尝试披露心底的动机和行为逻辑，而是满足于传递表层信息，满足于彼此之间的功能性互动，要做这个，不要做那个，至于为什么，则变得不重要了。这无疑助长了韩炳哲所谓“功绩社会”的效率导向，从而抽空意义和价值，抽空支撑韧性的渴望，使我们陷入普遍倦怠。

优美而深挚的书信文化并不是人类文明中一个可有可无的盲肠，切除它意味着某种珍贵的丧失。因为那意味着再也不会有《波斯人信札》（孟德斯鸠）、《论宗教宽容——致友人的一封信》（约翰·洛克）、《三诗人书简》（茨维塔耶娃、里尔克、帕斯捷尔纳克）、《致德国友人的信》（阿尔贝·加缪）、《心的岁月》（策兰、巴赫曼）和《古拉格之恋——一个爱情与求生的真实故事》（奥兰多·费吉斯以列夫和斯维塔的一千二百多封“托命之船”为题材写出的感人著作）了，人类品格中深沉优美的部分遭受了又一次严重削弱。

五

现在来谈谈诗歌吧。作为人类精神活动中最古老的部分，诗歌仍然在很多场景中展示着它的生机。但有时候，诗歌之名被以各种方式盗用，人们以分行的方式写公文、标语、谶词和一些莫名其妙的分泌物，好像诗歌是个垃圾填埋场，必须对所有来路不明的玩意儿虚怀若谷。而真正的诗歌既要承担命运的冷落，又要忍受假货的辱没。

米沃什在《诗的见证》中说：“二十世纪诗歌遭受了‘贫乏和狭窄’是因为其兴趣局限于‘一种美学的，且几乎总是个人主义的风气’。换句话说，它退出所有人共有的领域，而进入主观主义的封闭圈。”由于宗教及哲学领域的一些重要转向，诗歌的愿景也出现了持续萎缩的态势，这导致了诗歌的贫血症，用米沃什的话说，一种“憔悴的小诗歌”成了二十世纪诗歌的主要景观。这种诗因为孱弱而陷入无限自怜，它们通过各种话术为自己像乐高积木一样，搭建合法性的家园，本质上却是彻头彻尾的语言游戏。它们用所谓“纯诗”标榜自己可疑的贞洁，与此同时，眼睛却一刻也没有离开名利场。

朦胧诗之后，公共性也成了中国诗歌大部流失的钙质。虽然值得尊重的探索仍在进行，但大部分诗人躲在自己的影子里，成为网络时代观念与志趣碎片的标准镜像。这种碎片诗歌广泛存在但毫无存在感，既不能进入公共领域引爆某个重要议题，也不能用张力饱满的言辞命名和言说我们的时代，甚至不能在天旋地转的大变局中标记我们的痛感，说出我们的渴望。不学诗，无以言。而学了今日之诗，我们仍然言不及义。

但是启示总会到来，以打工诗歌为先导的所谓“底层写作”给我们带来了意外之喜。这是一个相当可观的群体，而他们的作品是近年来真正实现了社会化传播的诗歌。虽然面相粗糙，但充满质感；虽然身陷局部，但无比真切。他们从安顿自己出发，无意间却言说了我们的时代。谁说“兴、观、群、怨”已经定义不了今天的诗歌？谁说诗歌无法在新的语境下联通个体经验和普遍关切？谁说价值和意义都已是诗歌不可承受之重，而诗人们必须用轻佻的密语扎紧篱笆，向社会祈求一块保留地，在消费主义的无尽喧嚣中贩卖自己的祖传技艺？

六

随着时间发展，网络社会逐步展现了它的本质特征。我们发现了一个新的悖论：巨量的信息流动，使所有信息失效了。便捷的沟通反倒使沟通变得艰难，仿佛高速空转的转子，没有产生电力输出。这是一个隐喻，也是一个隐患。一个难以用共识建立互信的精神生态，必然充满裂痕，必然导致极化和冲突，导致逻辑的破损和不确定性的急剧增加。

沟通又一次成了时代的症结，网络不是巴别塔，而是无数言辞的对撞机和加速器。但是在这个议题陡增的年代，沟通遇阻意味着什么？在这个越连接越破碎的场景中，共识的基础在哪里被动摇了？我们要不要试着做点什么？

七

先贤说：“生年不满百，常怀千岁忧。”

辛波斯卡说：“我热爱写诗的荒谬，胜过不写诗的荒谬。”

伟大的加缪说：“反抗将其自身的价值赋予生命。它延展在生存的完整始末，恢复了生存的伟大。对于眼界宽广的人来说，没有什么美景能够超过智慧与一种使人不知所措的现实的搏斗。人类的自尊是一种无与伦比的景观。”

他们说出了我想说的全部。

生存本身既短促又零碎，而光荣的智识却总是渴望向远处延伸。这本身就包含一种令人骄傲的荒谬，一种无与伦比的自尊的景观。明白了这个道理，我们足以释然，然后就可以欣然地去做西西弗斯那样的荒诞英雄，或者赫索格那样可笑又可爱的书信文化的捍卫者。那些向着世界各个角落日夜兼程的信件是否送达，收信人是否用心捧读，这些也重要也不重要。重要的是还有人怀着沟通之心，幻想世间的一切仍然被某种暂时隐匿的纽带所维系，人和人并不是为了彼此为敌才来到世间，他们可以共情和协作，可以一起为更好的明天而奋斗（当然，他们已经做了很多）；人充满劳绩但并不向劳绩本身供奉自己的全部身心，他们省察历史，瞻望远方，吟咏诗歌，时刻默念“生活在别处”，从而实践一种诗意的生存。通过这样的努力，他们发现并努力矫正消费主义的偏执，摆脱“功绩社会”的催命符，把一切让我们陷入可笑的焦虑的有形事功都从任务列表里删除，从而赢得新的解放。

八

有一天，我突然想，如果用“荒谬的”诗句像“荒谬的”赫索格那样给天底下的人写“荒谬的”信，是件挺酷的事吧？

仔细一想，这样的信我在 2016 年就写过了：

我看见你在另一个城市
独自一人吃晚餐
你割破的手指伸进酒杯
搅动，接着把酒液一饮而尽
于是我开始给你写信
寄到世界上最孤寂的地方

在海上航行了一个月
船长把自己捆在桅杆上
但一个海妖也没有出现
海平线遥远得让人心慌

于是我开始给你写信
寄到世界上最空旷的地方

雷暴捣碎分水岭的时候
我正在另一个大陆旅行
不远的地方战火重燃
和平协议像多角爱情难以宁息
于是我开始给你写信
寄到世界上最无措的地方

我泡在酒吧的下丘脑里
基因组狂躁不已
它们彼此拷问
想知道癌细胞在哪个夜晚突袭国家电台
于是我开始给你写信
寄到世界上最癫狂的地方

我在去北极的路上停了下来
有人正飞往火星
更多的人飞往冥界
我抱着自己的里程表彻夜难眠
于是我开始给你写信
寄到世界上最恐慌的地方

我已经有些老了
但体内幽禁的那个少年仍在叫骂
那么多黄昏在排队领取街灯
书房里的所有书籍都哭累了
于是我开始给你写信
寄到世界上最倔强的地方

噩梦正路过两千年后的一座城池
厌恶地在后视镜里看见一个怪物
巨大的头颅像雷达一样惊恐地旋转
仍然没有发现频率相同的信号
于是我开始给你写信
寄到所有你在的地方

（拙作《于是我开始给你写信》，2016 年 8 月）

现在，这种荒诞的书写还在持续，而且还写了不少，估计还会继续写下去。我当然渴望有人在某个不眠之夜能够耐心地读完其中的某几封，然后心有所动，并且起心动念，决定“做点什么”，如此，于我就是莫大的福音。

（选自《作家》2022 年第 12 期）

马晨溪
《安阳》
35cm × 40cm
纸本
2022 年

云团升腾于大洋深处

——2022 年冬季诗坛观察

/ 钱文亮　黄艺兰

法国思想家乔治·巴塔耶在《内在经验》一书中写道，在如今这个喧嚣沸腾的世界里，主体的私密性早已荡然无存，未知时刻都有可能会在某个新客体上显形或显灵。据此而观，当前诗歌的众声喧哗难免感染于外部世界的变幻多端，日益向人类生活的诸多场域开放，犹如浩瀚大洋的波诡云谲，孕育生成着形态各异的诗歌云团。

一

“记忆”是每个人都绕不开的一个话题，但又始终不可名状、难以捉摸。法国历史学家皮埃尔·诺拉将具有记忆性的场所定义为“记忆之场”，认为某些建筑可以将抽象的记忆“档案式”地储存起来。韦子轩组诗中的“广场”正是一例。《县城广场——锅庄和轮滑课》一诗描写了诗人记忆中的县城广场，以及广场中游魂般带有野性、不愿回家的孩子，和母亲焦急寻找孩子的目光，将空旷孤独的公共空间转化为诗人的私人“记忆之场”，为其记忆之船获取了一个停泊处。在其另一首《雪天看大人们祭祖……》中，诗人则用风、雪、火焰等自然之物为无形的记忆赋形，制造出一种怀旧的氛围。诸如“雪地里，反复揉动 / 那未眠之火，湿漉漉的焰”和“火被舞蹈包围，/ 黑色的风被嬷嬷们编织得 / 更宽大”等诗句节制而不失灵动，略带神秘主义的气息。韩宗宝的短诗则以“楼梯”这一多维折叠空间来描述复杂的记忆迷宫，诗歌一共四行：“我再也没有上过那个楼梯 / 我只是经过了那里　一个空中的花园 / 很多年以后　已经没有楼梯 / 可以让我再次抵达你”。(《楼梯》) 虽然诗人给我们留下了一些时间上的线索，如“再也没有”“很多年以后”，但我们依旧无法弄清楚这到底是一首指向未来的诗歌，还是返回过去的短章。在这惝恍迷离的时空交错之中，空中花园永存，作为通道的楼梯却早已失去，且不可再被寻获，暗合了西方文学与文化中传统的“失乐园”主题，表达了诗人对“记忆”这一话题的独特思考。张执浩的《林中闪电》一诗同样以“记忆”的线索为导航，开头一句即为“哪里都不去的时候我选择 / 往回走”，以此打开通向过往的时间大门，跟随诗人一起回到他记忆中的那个“1994 年夏天的芦芽山”。在那里，诗人和友人们去山林中探险游玩，却被一场突如其来的暴雨、“闪电”和“惊雷”所追逐……站在全知视角的我们看着危险逐步逼近他们，然而位于第一视角的年轻人却浑然不察，“只是一味地贪恋着落叶的松软”，甚至还在弹跳，在欢呼，将其视为一场激动人心的冒险。闪电的尖锐和松叶的松软，危险的迫近和青年们的松弛，以及视角的不断变化，都使得诗歌在两极之间剧烈摇摆，形成一种极富节奏性的张力。在诗歌的末尾，时间又重新被拉回当下，当诗人回过头再去看记忆中的密林时，闪电已然消散，林中的阔叶树、针叶树都化为了柴火，而那些曾被闪电划亮过的年轻的脸庞也已经变得暗淡。诗人正是通过把握“闪电”这一尖锐而又雪亮的瞬间意象，复现了自己充满惊奇与活力的青春岁月。柏桦的《南京东郊练习》则以青年时代的自我为诗歌主体，重温了一遍青年时代的往事：南京农业大学的恋爱故事、对于武侠小说的痴迷、校园草坪独饮……但诗歌并没有止步于单纯的回忆书写，末段利用谐音和联想而达成的从“风”到“沙”，再从“沙”到“风”的转化，使前半段较为写实的诗歌被引向更为轻逸的方向，显示出诗人对于精神性美学的追求。华清的《蜻蜓》则描绘了一只从个人记忆中飞出的蜻蜓，如庄周的蝴蝶般将诗人带入时间的虚幻之境。但诗人却并没有沉溺于幻境，末尾猛然出现的“仿佛多年后的头顶，擎起一枚黑亮的摄像头”，将轻盈梦幻的蜻蜓意象一转而为机械、冷峻的监视仪器，表达了诗人强烈的现实感。

叶辉的组诗《转弯》专注于日常生活中具有幻想色彩的瞬间时刻，借此营构多种样态的记忆。诗人善于运用“延宕”的手法召唤特殊时刻的到来，其中《机场》一诗以细腻的笔触描绘了旅行者缓慢的步伐和飞机的起起落落，充满雾气的黑夜和空旷的机场，以如此氛围为“这一刻”（某奇迹时刻）的到来做足铺垫，并由“这一刻”联想到未来无数的“其他时刻”，甚至延伸到死亡之后的“奇点时刻”，为将要来而未来之时间赋形。《院门敞开》一诗同样花费了大量细碎的笔墨，不厌其烦地去描写中午的炎热、电视机的音乐声、正在啄食沙粒的鸡和在做家务的母亲，只为了引出末句“仿佛这一刻 / 永远不会结束”，至此，一种对母亲的思念和隐而不发的伤痛才缓慢挥发出来。在《观看历史的方式》一诗中，诗人巧妙地用两种“视点”或是说“机位”，揭露了历史时刻的复杂性和相对性：身处历史之中的人物如坐在缓慢、迟疑的马车上，深感时间之缓慢；而在历史旁观者的眼里，时间如同一支飞逝而过的冷箭般转瞬即逝。其他无论是《转弯》一诗中对车辆转弯时动中有静的那一矛盾时间的刻画和体悟，还是《母亲不在了》一诗中“一直弥漫到过去”的包含思念的时刻，都是有关“时间”的思考。这些诗歌中少有延续性的绵延时间，多为突发式的瞬间时刻，正如巴赫金所说的，这是一种充满突发性的传奇时间，虽然产生于日常，但是却脱胎换骨为奇迹和危机的时刻。而母亲和家乡等主题的出现，又为这些时刻涂抹上一层本雅明意义上的“灵氛”，使其带有记忆的温度。

历史往往是对过去的理性的、批判性的重构，而记忆则多为个体当下鲜活的情感现象。本季度部分以历史记忆为主题的诗歌则致力于寻找宏大历史和私人记忆之间的接榫点，并将两者融合在一起。胡了了的《吴敬梓》将自身的记忆与经验渗透于古代名人的传记式书写中。田耘的《燕赵经纬》将时间、地点、历史事件依次铺排展开，以宏大历史为日常生活的隐秘纹样，使其相互交织，彼此对话。聂权的组诗《行密传》则为诗坛贡献了一批“英雄传记”，左忠毅、史可法、越王勾践等英雄角色次第出场，以古写今，气象阔大，再次唤起了睽违的崇高美学的要素，但把它完全私有化、个人性情化。此外，彝族诗人鲁娟的组诗《洛火阿姑》专注于书写文化记忆，将节庆仪式、女性视角和民族风情融为一体，体现出诗人对于人性的独特思考。而在邓可君的《在克拉玛依》一诗中，诗人则通过“望远镜”这一现代视觉仪器，洞察克拉玛依千年前的文化风景，进而唤醒了自己内心深处对于生活的激情。法国伦理学家约瑟夫·吉贝尔（Joseph Joubert）曾言“记忆乃缪斯（Muses）之母”，这批诗歌所致力于搭建的正是同属于个人、历史和文化的记忆巨厦。

二

接下来我们可以看到本季度诗坛上的一批“游戏诗”及其对于强大的理性诗学陈规的反拨。

冯晏在《依次还原植物的我》一诗中就玩了一把关于“还原”的游戏。诗人将“存在主义还原万物有灵”作为这场游戏的“纲领性文件”，据此依次将自己的肉身还原为草、麦子、芦苇等植物，甚至是植物中更细小的部分，如叶脉、绿叶、根茎、花蕊等等。诗人叛逆性地取消而非恢复自己的知觉，以此更新人与世界的联系：通过取消自己的嗅觉，去还原花朵的盛开；通过取消自己的视觉，去拥抱旷野中的大风；通过取消自己的触觉，去握住带刺的玫瑰；通过取消自己的听觉，去感受夏日的蛙鸣。在荷兰的文化史学家赫伊津哈看来，“游戏”决定了人能否具有鲜活的感知能力。诗人正是借此存在主义式的还原游戏来感受万物之灵，感受自己本真性的存在。席勒曾说过，一个人只有充分是人的时候，他才游戏，只有游戏的时候，他才是一个充分的人。在此意义上，我们可以说这首诗歌中的游戏主体正是一个“充分的人”。从某种意义上来说，游戏也是一种策略。洛马克斯提醒我们应该将游戏视为一种能够有效缓解不安，并为我们带来愉悦感的策略性行为。韦廷信的《拆字诀》所进行的正是“拆字”游戏。诗人将“林”字拆为两棵“木”，将“梦”字拆为“林”和林中的“夕阳”，又将“孤独”二字拆为孩童、瓜果、小狗和小虫，一变而成我们熟悉的温馨画面。而遇到某些偏旁部首经过拆解后难以解读的字词，就成为“陌生”的天书。“拆字诗”本是一种借用汉字结构特点来游戏的传统诗歌形式，在古代歌谣中便已经有了雏形，而诗人韦廷信延续了这一诗歌传统，通过“熟悉”和“陌生”这两个看似相向而行的游戏规则 / 策略，将以文字构成的一成不变的世界，变成可供人诗意栖居之地。巧合的是，多多新出版的诗集亦以《拆词》为题，取其“打破—发明—重铸—创造”之意。在《无语词语》一诗中，诗人写道：“从这不可言说，无知来自已知 / 尚未保留从来，词语仅毁于准备 // 挖开你的沉默，无词并非无效，其间有智力的崩溃”。多多所抵抗的是已知、准备和智力，所要拥抱的是不可言说和无知之物，而这两极之间并非是断裂的关系，而是彼此转化的关系。重点落在“来自”，落在“挖开”，落在诗人对于拆解词语、转化词语的主动性。多多所做的工作正如德勒兹所形容的那样：“他将语言拽出惯常的路径，令它开始发狂。”（《批评与临床》）杨玉璋的《折》同样以“拆解”为主题，但诗人却别出心裁，并没有选择拆解眼前的风景（一群海鸥），反而将正在看风景的诗人自身拆解开来，分别以痛感中枢、语言系统、大脑、视感中枢、心脏、情感、嗅觉中枢、记忆、躯干等不同的感知系统为立场与视角，诉说诗人对于风景的复杂感知。

需要注意的是，游戏的对立面并非严肃，游戏也可能是极其严肃的。孟原的组诗《十个大词》分别以十分“巨大”（具体指巨大的本源性、巨大的外延和巨大的难以言说性）的抽象概念为题：思想、历史、水洗、循环系统、定义、孤独、意象、命运、精神，如善解牛的庖丁般找到这些概念各自独特的切入口，从缝隙进入其肌理深处，将其一一解构。如《孤独》一诗将暴烈炽热的鸟鸣和诗人轻微的自言自语并置，造成一种声学上的反差，反衬出“我”的失语乃至无语，以此定义何为“孤独”;《定义》一诗则定格了一个普通人被迫“划定归属”的悲壮瞬间，以此定义何为“定义”。正如杨裕旭在其诗歌中所陈述的那样，“词语总是逃避”（《月亮是傍晚的云》），而诗人所能做的并非紧紧抓住词语，而是与词语自由地嬉戏，将大胆泼辣的暗喻隐藏在每一个抽象的“大词”背后。因此，每一次对“大词”的重新定义，都将成为一场关于词语的游戏，或是说康德意义上的“宇宙观念的全部的辩证游戏”。在某种意义上，中海的诗歌亦可作如是观。其本季度发表的《复数》《黄昏重构》《格式》《证据》等诗皆以抽象的科学概念为题，孜孜于发掘人生的奥秘，诗意也往往在独创的超现实语言奇观中生成，屡屡给读者带来陌生化的惊艳之感。例如《格式》中的一些诗句：“放大镜中 / 一只蚂蚁的结构是多么复杂 / 它眼中的泪水证实一个悄然改变 / 在摒弃的数字上多么汹涌”，“补丁在日夜修复。睡过去的杂草 / 以一株牡丹醒来，这一宿被格式化的 / 辽阔星辰与大地以革命醒来”，“这一大群浮于半空，又向一个方向 / 突然转身而消失的雁阵 / 一下子来到朝阳的顶端”。中海的诗歌显然体现了诗人对艺术的虔诚与精湛的修炼。

“老虎”是超现实主义诗人们所钟爱的动物意象，也是布莱克诗歌隐喻里被视为“生命的英雄”的存在。翟永明曾经在其致敬已逝诗人马雁的诗歌《老虎与羚羊》中这样写道：“世界像老虎”“世界的万物都像老虎”，既有东方式的神秘主义气息，又蕴含巨大的自然力量和生命意识。诗人在其中表现且只表现生命本身，完成了臧棣所说的“一个诗人对另一个诗人的炽烈的辨认”。在本季度,“老虎”意象也在一些诗人的笔下出现。章平的组诗《老虎的诗篇》同样将“老虎”标志为揭开宇宙奥秘的钥匙，从《老虎朗诵的钥匙》《老虎把天空带在自己的身边》《老虎骑了一匹马赶路》等题目即可看出诗歌所秉持的超现实主义写作风格。这些小故事内部不存在逻辑，彼此之间也几乎谈不上逻辑，整个诗歌场景类似于“虎之镜像”的无限增殖。诗人以看似“胡言乱语”的表达方式旋转着掏空“老虎”这一词语本身的意义，反向发挥出了诗歌语言的力量。哑石的组诗《递归》是一组较为难解的诗歌，但依然可以找到蛛丝马迹。首诗名为《记忆》，首句为“你有橡皮我有泥。/ 人整个身体就是一团好泥”；末诗名为《递归》，首句为“你有青春波束，我有灵魂之虎”。“橡皮泥”意象预示了整组诗的含混性，而“灵魂之虎”这一意象看似难解，但如果联系哑石过去诗歌创作中曾出现过的、大量的对“虎”的描写，尤其在2006年的诗歌《识字课》中他所提出过的观点——“毫无疑问，敏锐的认知、饱满的语言和创造的才华，这三者，共同组成了文学中‘虎’的斑纹，亦即‘地狱’的斑纹”，即可见“虎”在其诗歌谱系中亦代表着一种复杂的混合物，也就是这组诗歌中频繁现身的“混沌”“浊浪”和“混合体”。诗人所想召唤的正是一种冲破边界的自由状态：“存在的意义上，我们可在渲染里 / 破壁，甚至呼唤各自的种属”。此外雷平阳的短诗《虎吼》亦以老虎为诗歌的核心隐喻，建构起了戏剧性场景，以抒发个人的生存哲学：“听到了虎吼 / 就想活命于老虎的腹中 / 终生无所事事 / 与人世隔着一头老虎”。

在孩子眼里，趣味似乎总是和玩具有关，本季度诗坛也出现了一批极富趣味的以“小玩意”为主题的诗歌。人类学家克洛德·列维 - 施特劳斯在谈及艺术品时就曾经说过，“小型物件固有一种美学特质”。如果说巨型雕塑更多地代表着外部世界、公共性和严肃性，那么小型物件则代表了内部世界、私人性和游戏性。汤养宗曾经以《有些石头，已经参与了我的生活》为题，将书桌上两块无名的小石头称为“丧失语言能力的独处者”，但又将它们看作是大自然派来看管他的神仙，在创作时“写下一句话 / 会偷偷拿目光瞄一下它们的脸色”，一个有点心虚、有点胆怯的诗人形象因此而跃然纸上。本季度，池凌云的《几块鹅卵石，在我的书桌上》一诗同样以书桌上的石头为书写对象，但重点却落在对自我内心创伤的检视之上。孟醒石的《植物简史》一诗则让芭蕉、绿宝石等家中绿植盆栽扮演诗歌的主角。这些本应生长于南方的热带植物被搬到了北方的诗人的家中，让诗人联想到了自身漂泊异地的“离散经验”。借助这些填充在居室中的南方象征物，诗人创造了一个属于诗人自己的“罗马花园”，一个充满了浓烈的私人意味的“记忆帝国”，从而把对辽远乡土的眷恋和对当下的切身生活完美地结合起来。诗中写道，在某个夜晚，盆栽喜林芋因长势太旺盛、头重脚轻，而突然轰然倒下，由此造成了一个十分荒诞的场面：“一条条藤蔓，挣脱束缚，匍匐前进”。但在诗人眼中，这些藤蔓正“像一列列绿皮火车 / 梦想回到过去，穿越京广线”。喜林芋的倒下为诗人以南方植物所打造的、看似光洁无瑕的情感乌托邦添了一道裂痕，暴露出诗人内心深处难以弥合的悲伤、孤独与无奈。

小型物体虽然体积小，但并非“不足道”。在某种意义上，越是微小的东西，反而越能够涵括万物。这一悖论用法国哲学家加斯东・巴舍拉的话来说，那就是“小型品是大型品的安全岛”。胡弦的《器识》一诗专注于描写一只陈列于博物馆中的水罐，一只破裂过但又被拼贴修复好的容器。这只陶罐内部拥有多重维度的历史空间，令人想到鹅笼书生故事中那只可以吐纳万物乃至活人的鹅笼，层层叠套，幻中有幻，变化无穷，由此蕴藏了整个中华文明的历史。杨碧薇的《三十六古街》一诗记叙了诗人的越南之行，开篇以“藏在海上红蜡烛里的忧惧，/ 被河内的冬阳，不动声色地擦去大半”这样的诗句勾勒出一位忧郁的异国旅行者形象。而能够安抚诗人焦虑与不安的，并非药物，而是堆积于河内古街上琳琅满目的日常物品：“油盐、斗笠、针线盒…… / 每一样物品，各自获得一条街。/ 它们比我满足，清楚自己的诞生和去路。”在诗人眼中，这些看似杂乱的“小物件”井然有序地占据着各自的位置，以此构成了一个稳定的微缩世界，“满足”、清晰且笃定。尽管微小，这些小物件本身也是有着各自明晰的中心与边缘的存在。而正是这份来源于微物的魅力，赋予了诗人“此心安处是吾乡”的笃定和豁达，在诗歌末尾为我们留下一个“旋即骑马去海防”的洒脱身影。

游戏看似是处在文化边缘的、不起眼的活动，但实际上绝不是生活中偶尔的间歇，也不是可有可无的点缀。“游戏”是人之感知能力的决定性特征（赫伊津哈），也是健全人性不可或缺的证明。

三

如果说二十世纪八十年代及其以前的诗歌多是属于青年的诗歌，可以称之为“青春之歌”，那么二十一世纪以来出现的愈来愈多的则是中年经验的书写。“中年”这一人生阶段又往往与“疾病”纠缠不清，因此有关成长、青春的话题，在不经意间已经转变为了有关衰老、疾病和死亡的主题。熊焱的诗《中年的病情》取材于中年人在微信群讨论各自的“中年病”这一常见的日常场景，诸位群友如报菜名一般报出的腰椎、胰腺炎、糖尿病、高血压、痛风、肠胃炎、肺结节等疾病，构成了彼此“疲倦的 / 险象环生的中年”。然而诗人并没有就此颓废，而是在身体的疼痛中继续体悟生命的意义，在疼痛中理解孤独的真理。另一首《夜幕正在降临》描写的是诗人在病房中和癌症临终者告别的场景，诗人所选取的是生命的最终时刻这一严峻而冷酷的时间节点。在这一节点上，“我和他无言地对视、长长地，我们的沉默 / 接近于一只昆虫误入蛛网的扑腾”，语言精准而克制。诗人在整个对“死”的直面凝视和亲身体悟当中，从哲学层面对生命进行了彻底的淘洗。王妃的诗歌《中年感冒》则从女性的视角出发，书写自身的中年经验。感冒了的女性天还未亮就在厨房里忙碌，为丈夫和儿子准备早餐。尽管感到深刻的孤独，但是诗人却选择以诗歌疗愈自我。树才的短诗《徒然》从一个忧郁症患者的角度出发，以“徒然”二字为其生活赋形：“我徒然活着”“我徒然吃着药”“我徒然戳破肉身的糊窗薄纸”。“徒然”一词既有无缘无故之意，亦有枉然的无力之感，所唤起的是一种宿命论式的悲哀。然而诗人却在诗歌末尾发出了金石碎裂之声，“我徒然明白文字是抽刀断水 / 我挣扎着徒然拿起空药瓶”，其语言瞬间所达到的力度和深度正是代表了生命的强度和韧度，就如同美国历史学家格伦伯格所描述的那样，像一把扎进软肌肉组织里的鱼叉。陈劲松的组诗《人民医院》则以空间为诗歌逻辑，用纪录片式的目光扫描“在医院中”的种种经验。这批诗歌坦然地允许衰老、死亡与疾病径直进入自己的作品之中，“带着衰退的感受和记忆来面对死亡”，令人想到萨义德关于“晚期风格”的论述：尽管行至晚期，但在枯笔中却依然饱含爱与真。

另一批诗歌则处理的是如何与亲人告别这一话题。青年诗人小书的《我又见到了他》描写了父亲的去世。个性倔强要强的父亲即便在火化后，也还是留下了“不肯折断的长腿骨”，平淡的语句下深藏着隐秘而克制的伤痛。另一首《谈死亡》则以“集句”的形式将十一句皆以“死亡是……”为开头的短句纳入诗歌，这些句子来自小说《解离的真实》及里尔克的诗句，经过诗人的重新解构与结构，对“死”这一概念做了考古学式的梳理。熊焱的短诗《从医院出来》同样是一首有关亲人离世的诗，全诗仅六行，却以最为朴素直白的语言描写出了失去亲人后的精神状态。“我牵起妻子的手 / 用了一把力”“除了我，没人知道她刚刚失去了父亲”，所描写的细节生动且感人，捕捉到了夫妻间的彼此扶持和彼此懂得。

正如陈先发诗歌题目所揭示的那样，我们需要“以病为师”，无论是衰老还是死亡，都值得我们去不断学习。杨键的短诗《满天星》回忆了儿时自己躺在邻人家的棺材里看星星这样一件往事。诗中“四下里，/ 阒然无声，/ 星星神秘，/ 我也神秘”这样的句子传递出无声的自然所传递给幼年诗人的独特且神秘的生命经验。诗人的另一首《墓园》则可视为《满天星》主题的延伸，此诗首句看似平淡却略显奇特：“在我家后山有许多墓地，每一个墓地里都有我的骨头”。长大后的诗人如儿时一般，再一次将自己放在比平常世界都要低的一个海拔高度（即死者平躺着的位置），来重新观看这个世界。诗人躺在墓地里感受寂静，更是学习死亡：“清风终于吹来了，/ 是因为你把自己当成死人了，/ 清风终于吹来了，/ 是因为每一个墓地里都有你的骨头”。看似略显荒诞的诗句却表达出一个质朴的真理：唯有向死而生方能体会自然世界的意义和真谛。

四

正如马忠青在其诗歌中所书写的那样，“这是十月，落日大于哲学的季节”（组诗《落日大于哲学的季节》），秋季的诗坛上总是充满山水风景，以及看山看水的人。中国的传统美学常常会讲到“游观”一词，也即游目而骋怀，在山水之间仰观宇宙之大。本季度的诗人们亦用他们各自的“有情之眼”对风景做出多重视角的“观”，以不同的手法和主题更新了山水诗的既有传统。

杜绿绿曾以《山水之间》为题，着墨于山与水“之间”也即风景与风景之间的模糊间隙。写意式的目光仅仅摄取风景的灵魂，却并不落到某一实处，从而使得画面中赶路者肉体边界都“化为虚线”，远山精准的线条轮廓亦被擦除。诗人所要试图描绘的并非准确的风景，而是风景尚未能以确切的形式被我们感知之前的初始阶段。正是在此略显模糊混沌的初始阶段，种种美学体验得以依次生发，层层传递、不断涌现，使风景获得流动的生命。樊子在其《秘密》一诗中，同样用写意的笔法描绘了安徽一个破落村庄里江边孤独的老树，“没有星光，长江的水是墨色的 / 墨色推搡着墨色，发出白哗哗的声响”。诗人分别将墨黑和纯白赋予山水，依次铺陈渲染，令人想到中国传统山水画里的“渔隐”主题。“渔隐图”通常以南方楚地山水作为主题，是从唐朝以来就不断被重复演绎、诠释的诗画小传统，这首诗在有意无意间重新接通了这一传统，只不过江面上孤独的小舟和独钓的孤翁，被置换为了一棵寂寞的老树的影子。江边的诗人则在这个夜晚，静静地体会一棵树的疼痛，以及一棵树的秘密。陈先发的组诗一连七首皆以《风》为题，运用“化劲”从不同侧面、不同角度、不同方式反复接近“风”,以轻逸的姿态为无形之风赋形。全诗以对于生命、死亡、自然、社会等命题的思考为“筋”，以“风”为“骨”，构成这组诗歌的“筋骨”所在。郑小琼的一组以广州白云山为主题的游记诗接续了庄子、杜甫等人的传统脉络，诸如“蓝色的雾从对面的山头漫了过来”，具有飘逸浩大的宇宙苍茫之感。北方的青年诗人吕周杭则写下了《与友人书》一诗，从北到南的地理变化改变了诗人观看风景的方式，以贴近肉身性的诗句抒发了自身灵魂的轻盈和孤独：“你再次谈起孤独，再次在成都 / 裹紧深秋”。其他还有一批诗歌以“观”为诗眼，组织风景。如闫文盛的《新鲜的锋刃》一诗塑造出诗人的“坐忘”形象，通过安坐于山间体物观物，以达到物我两忘的境界。张烨的《空山观瀑》通过观山间瀑布，领悟到大自然随形变化的真谛。贾想的《坐于河堤的青年和世界》一诗则描绘了暴风雨到来之前，诗歌主人公无惧危险，端坐于被黑暗笼罩着的河堤上，检视自己的内心世界。

在优美写意的山水之外，本季度诗坛亦出现了一批具有超现实主义意味的、“怪异”的风景之诗。诗人见君在其《中秋》一诗中，运用了大量“异象”，如“被铁丝穿成串的”、“魔怔”的月饼、“爬满红蚂蚁”的柳树枝头、“浑身发痒”的月亮等。由此构成的场景既有哥特式风格，亦有诗鬼李贺之风，形成一个内部充满矛盾和异质性，但又吊诡的和谐的整体，并打上了诗人自身的印记。舒丹丹的《夜游栗园》一诗记叙了一场略显怪异的出行，诗人并没有选择在明媚的白天出发，反而偏偏选了秋冬之际的夜晚去造访栗园。在诗歌的开始，诗人顺着黑暗中一条发白的小路游荡，闻到的是鱼腥味和枯草被焚烧的气味，从视觉到味觉等方面的感知氛围都与中国传统的记游诗不太相仿，反而更接近于英美文学传统中的哥特文学。但是诗人并没有一味耽溺于对于“异风景”的书写，行进到诗歌中段，月亮开始发挥魔力，“搅动”起整个空间与时间，将诗人带回了童年的桂花院。母亲牵着尚是孩童的诗人的手回到一间幽暗的屋子，当诗人抬头看时，亦看到了一轮清冷梦幻的月亮。通过这轮“月亮”的神秘能量，诗人将自己的成年和童年彼此首尾相衔，形成一个莫比乌斯环，从而从冰冷诡异的现实风景进入了对于儿时欢乐和母爱的温馨回忆。其他还有漫尘的《你的掌心藏有闪电》，在诗人的想象中，单调而空旷的祠堂被指尖的闪电瞬间点燃，生发出迷人的花朵、火焰和枝蔓，为我们打开乡村夏夜的迷幻风景。詹用伦的《神秘之声》则另出新意，以细腻的笔触为生活中怪诞神秘的声音风景赋形，呈现出一个喧闹纷繁的听觉世界。

随着虚拟现实技术的发展，数字化的新景观愈来愈多地参与我们的生活，灵动轻逸的元宇宙新山水亦正在本季度的诗歌场域中悄然孕育生成。此前欧阳江河曾经在《老青岛》一诗中有过这样的诗句，“二十年前的天机神遁 / 哪是量子男孩掐指可算的”，“神不在乎量子男孩进门时是谁 / 只在乎他出门的时候不是谁”，提醒我们诗人所持的并非现实主义的写实目光，而是量子力学的玄学目光，也即拉尔夫 · 爱默生所谓的“透明的眼球”，诗歌故而充满了幽灵般的诡异气息。本季度叶丹的组诗《合肥册页》也是貌似书写关于“合肥”的地方志，但却因与大数据相关的名词概念的加入，而具备了一种兼具“科”与“幻”的特质。如《天鹅湖大数据中心》一诗视合肥的天鹅湖为“巨型显示器”，又视水面为“硬盘”，为“数据大容器”，视湖面上空的云朵为“计算和精准传递”的使者，将科技感的词语和自然风景混搭，从而呈现出诗人对技术和风景二者的结合与发掘。

柄谷行人提出“风景的发现”一说，对文学创作中的“风景”研究造成了极大影响。本季度的部分诗歌专注于书写人的内面之风景，如严琼丽的组诗《沉默的风暴》。这组诗从诗人的内在视点出发，重新审视或是说发现并组织了周围的风景。其中同题的《沉默的风暴》一诗描写诗人日常的一次坐火车体验，无论是出发地还是目的地都是诗人再熟悉不过，且往返多次了的地方，按照常理来说是不存在所谓的“风景”的，然而诗人却感到一阵“悲剧的哑然 / 弥漫于雾中”，就连张开的五指也陌生如“失去堡垒的浅色蜘蛛”，折射出的正是诗人“内心空而隐秘的浪漫”。《登高望远》一诗描写的是看月亮这一寻常之事，在月光下诗人想起了自己的童年，小卖部、糖果、狗和老人，在短暂的回忆后，记忆中的“老人拄着拐杖从月亮里退场 / 拐杖杵着我，也从月亮里退场”。这一外部风景“退场”的瞬间，正是诗人内部风景生成的瞬间。林莉的《夜行火车》记叙了一场发生于夜间火车上的心灵之旅。窗外，山脉、河、沉寂的栾树在黑夜里“一闪而逝”，只留下模糊的风景，车厢里的其他旅客也都已经睡去，在此寂静时分，诗人“仿佛是从遥远的古代开始 / 再一次将山脉、河、沉寂的栾树 / 一一经过”。火车改变了人们的观看经验，模糊、瞬间的风景反而成为一种“透明”的存在，使得我们能够专注于内心，从“远古”开始重新一一审视我们已经熟悉了的现实或心灵景观。昆鸟在其组诗《阳光很直，直到消失》中始终保持了“在路上”的状态。诗人走在一条两头截断的路上，风景在两边打开，仿佛正走在“一本倒扣的书的书脊上”，在“尽头的长墙背后 / 不倦地放大着的天空底部 / 正升起一只金箔风筝”（《新路》），具有神启般的意味。即便诗人是在描写居室，也赋予静止以一种动态。诸如“我总是去开窗，把你的影子转进雨里”，“有那么多窗户，开向那么多雨”（《两座房子》）等句子巧智且灵动，呈现出一种独特的美学上的开放性和精神上的轻盈感。

小结

纵览本季度各诗刊所摘选出的作品，能够明显看到其所比较集中指涉的场域：由种种私人化的空间和时间得以刻骨铭心的“记忆场”，在宇宙、词语和微物之间自由嬉戏的“游戏场”，以大量对疾病、生命和死亡的书写编织而成的“生死场”，以及同时向外部世界和心灵内面敞开的“山水场”。这些场域由于新思考和新现实的加入，如同海面上正在不断卷动的风暴般更新着自我，并在社会伦理、诗歌地理、传统文化等多重维度上都有着交织和重叠。不过无论如何变化，处于诗歌现场中心的诗人都如同处于台风眼内，始终保持着诗心的平静和韧性，以敏锐的生命感知和想象天地万物，在勤勉的工作中不断淘汰同质化、腐朽化的垃圾语言，用诗歌的雷达捕捉不期而遇的新鲜信息。

（上海大学　中国诗歌研究中心）

※ 本文资料来源主要为2022年冬季（10—12月）的国内诗歌刊物，包括《扬子江诗刊》《诗刊》《江南诗》《星星诗刊》《草堂》《诗林》《诗歌月刊》，以及综合性文学刊物《人民文学》《十月》《作家》《中国作家》《山花》《钟山》等。除了作者姓名、诗题，诗作发表刊物与期数不再一一注明。

图书在版编目（CIP）数据

诗收获. 2023年. 春之卷 / 雷平阳， 李少君主编
. -- 武汉 : 长江文艺出版社，2023.5
ISBN 978-7-5702-3044-0

Ⅰ. ①诗… Ⅱ. ①雷… ②李… Ⅲ. ①诗集－中国－当代 Ⅳ. ①I227

中国国家版本馆CIP数据核字(2023)第054456号

策　　划：沉　河
责任编辑：王成晨　　　　责任校对：毛季慧
封面设计：祁泽娟　　　　责任印制：邱　莉　王光兴

出版：长江出版传媒　长江文艺出版社
地址：武汉市雄楚大街268号　　　邮编：430070
发行：长江文艺出版社
http://www.cjlap.com
印刷：武汉市籍缘印刷厂

开本：720毫米×1020毫米　1/16　　印张：16.75　插页：2页
版次：2023年5月第1版　　2023年5月第1次印刷
行数：6602行

定价：58.00元